ELVIS

Mckenna James

Traduzione di Erika Arcoleo

Copertina realizzata da Moonstruck Cover Design & Photography.

Contents

Capitolo Uno

Lake

Le tempeste a Las Vegas sono rare, ma esistono. Sono certa che molta gente abbia scommesso sul tempo e che adesso sulla Strip molti scommettitori stiano classificando le loro vincite. È Las Vegas, quindi non mi sorprenderebbe. La gente da queste parti scommette su roba più strana. In questo momento non penso ai soldi, però. La mia unica preoccupazione è arrivare al rifugio e andare dai miei bambini.

Non appena arrivo, la prima cosa che mi colpisce è l'odore familiare di cane bagnato. Mi prendo cura degli animali, lavandoli una volta alla settimana, ma quell'odore non va mai via.

Prima trovo Scooter. O meglio, è lui che trova me. Viene verso di me scodinzolando e si strofina sulle ginocchia. Mi abbasso e gratto il russell terrier dietro l'orecchio.

«Eccoti qui, piccolo. Dove sono gli altri?»

Impiego un secondo a individuare Elvis, un bastardino dal pelo marrone. Non ho ancora capito di che razza si tratti. È adorabile e non importa. Trovo Elvis nella sua cuccia, rannicchiato su se stesso. Solleva il muso per salutarmi e dopo torna a dormire. I tuoni non spaventano i veterani come lui.

Gaga, il Pitbull grigio che ho trovato per strada meno di una settimana fa, è nascosta in un angolo con la coda tra le gambe. È minuscola e forse sta tremando per questo, ma credo anche che sia impaurita. Non conosco tutti i dettagli, ma so che il proprietario precedente non si prendeva cura di lei. Quando l'ho trovata, era malnutrita e terrorizzata. Aveva persino una zampa rotta. Mi avvicino lentamente e cerco di non spaventarla ancora di più.

«Va tutto bene, tesoro. Non ti farò del male. Ti va di salutarmi?»

Si avvicina e mi odora la mano. Dopo mi lecca le dita, salutandomi.

Un tuono riecheggia attorno a noi e Gaga scappa via. Mi dispiace per lei ma non posso biasimarla. Il massimo che posso fare è darle una casa finché non troverò una famiglia per lei. Qualcuno che la ami come merita. La lascio stare per il momento, perché non voglio sopraffarla.

Maeve, la mia unica impiegata, entra con una busta di cibo per cani. Non indossa la nostra uniforme. Ha pettinato i capelli in una coda di cavallo, i suoi vestiti sono eccentrici e ha scelto un trucco esagerato.

«Ce l'hai fatta,» dice, salutandomi con un sorriso. «Grazie mille e scusami per l'imprevisto.»

Rido. «Non preoccuparti, sai che sono felice di aiutare.»

Sussulta. «Mi sento in colpa. Non hai un giorno libero da due settimane.»

«Hai un'audizione, Maeve. Non te ne farò una colpa. La aspetti da tutta la vita.»

Tira un sospiro di sollievo. «Grazie, Lake. Sono in debito con te.»

«Portami qualcosa dal buffet e saremo pari.»

Annuisce. «Certo, capo.»

Indici il cibo per cani. «È l'ultima busta?»

«Sì, ho fatto l'ordine una settimana fa ma c'è stato un ritardo. Temo che dovremo razionare.»

È un bel problema, ma non lo do a vedere. È difficile gestire un rifugio per animali. Ci affidiamo alle donazioni e i piccoli si affidano a noi. Io mi occupo del cibo e cerco una famiglia per tutti loro.

Purtroppo sono a corto di soldi. Gestire un rifugio non-profit per animali non consente di guadagnare molto e spendo tutto quello che ho per i miei amici a quattro zampe. Faccio diversi lavori nel fine settimana. Mi occupo soprattutto di scattare fotografie per arrivare alla fine del mese. Non mi dispiace non fare una vita mondana, se mi permetterà di portare avanti il lavoro al rifugio.

Questi cani sono la mia famiglia e farei tutto per loro.

Nel mio conto corrente ci sono circa trenta dollari e resterà così fino al servizio fotografico di domani. Non è molto, ma devo accontentarmi.

«Non preoccuparti, ci penso io,» la rassicuro.

«Ne sei certa?»

«Sì. Adesso vai, non voglio che arrivi tardi alla tua audizione. Farai meglio a inviarmi un messaggio per farmi sapere com'è andata.»

Maeve sorride. «Contaci.»

«Buona fortuna e guida con prudenza. La gente dimentica come si fa quando piove.»

Ride prima di andare via e io mi metto al lavoro. Riempio le ciotole, cambio l'acqua e dopo spazzolo i cani.

Scooter non resiste a lungo, quindi devo corromperlo con i biscotti. Elvis non si muove nemmeno di un centimetro, è proprio un cane buonissimo. Faccio più attenzione con Gaga. Ha il pelo corto, quindi non ci vuole molto, ma non è abituata all'interazione con gli esseri umani. Negli ultimi giorni si è aperta con me e sono felice dei suoi progressi.

Devo chiudere il rifugio quando finisco. Di solito li tengo nelle gabbie quando non c'è nessuno a tenerli d'occhio, ma sono soltanto in tre e vanno d'accordo, quindi li lascio nella stanza dei giochi. Scooter ha bisogno di spazio per correre, Elvis sembra troppo comodo e non mi va di disturbarlo e Gaga non apprezzerebbe ritrovarsi in uno spazio tanto ristretto. Inoltre, non starò via a lungo. Andrò al negozio di animali più vicino e tornerò subito.

«Fate i bravi, ragazzi,» dico, prima di uscire sotto la pioggia.

Devo guardare lo scontrino due volte perché... *dannazione*. Chi sapeva che il cibo per cani potesse essere così costoso? Ho impiegato più tempo del previsto perché non avevano quello che compro di solito.

Suppongo che quello che si dica sia vero. La roba buona non è economica.

Mi restano circa dieci dollari ma in questo modo ho riempito il frigorifero dei miei cani. Domani dovrò fare un servizio fotografico per una sorta di addio al nubilato e le mie tasche ringrazieranno. Devo soltanto essere paziente. Fino a quel momento, mi accontenterò di mangiare cinese da asporto.

Mentre mi dirigo alla mia vecchia Honda Civic con il finestrino posteriore rotto, qualcosa attira la mia attenzione. Un portafoglio. Sembra abbandonato ed è abbastanza asciutto, considerata la pioggia a dirotto. Lo raccolgo e mi guardo intorno. Forse il proprietario è ancora qui.

Non vedo nessuno, però.

Salgo in auto e chiudo lo sportello. Non ci vuole un genio per capire che vale quasi la metà del mio affitto mensile. È rifinito benissimo ed è di *Versace*. Lo apro, alla ricerca di un documento di identità. La scritta "*Made in Italy*" è cucita all'interno. Di sicuro è l'oggetto più costoso che abbia mai tenuto in mano.

Quello che mi affascina ancora di più sono i contanti.

Sono *tanti*. Devono essere almeno mille dollari.

Chi porta tutti questi soldi in tasca?

Per fortuna trovo una patente tra tutte le carte di credito.

«Asher Morgan Chase,» leggo ad alta voce.

La foto mi sorprende. Non ha l'aria di un Asher. Occhi e capelli scuri e una mascella mozzafiato. Non mi sono mai lasciata illudere dalle apparenze, ma non posso fare a meno di chiedermi se non faccia parte della mafia. Chi indossa un completo elegante per la foto della patente? Ha uno di quei tagli di capelli che di sicuro costano centinaia di dollari. E quegli occhi...

È sempre così intenso oppure voleva sedurre la persona che lavorava alla motorizzazione?

Perché mi sento accaldata?

L'indirizzo è del posto, quindi almeno so che non si tratta di un turista che vive a miglia di distanza. Lo cerco su Google e scopro che si tratta del *Grandiose*, uno degli hotel e casinò più eleganti della Strip. Non vedo un numero e non so che cosa faccia in quel posto, quindi provo a chiamare l'hotel.

Sembra forte. Magari è un buttafuori?

Risponde un nastro e impiego qualche secondo prima di lasciare un messaggio. Fornisco il mio nome, l'indirizzo del rifugio e il numero di cellulare.

Non so nemmeno se riceverà il messaggio.

Conservo il portafoglio nel cruscotto dell'auto. Una cosa di valore come questa non può essere lasciata allo scoperto. Metto in moto nello stesso momento in cui un tuono rimbomba. So che dovrei tornare a casa, ma preferisco tenere compagnia ai cani finché la tempesta non sarà finita.

Capitolo Due

Asher

Tutta questa storia è stata una perdita di tempo.

«Mi dispiace tanto,» mormora il mio assistente. «Davvero. Avrei giurato di aver messo il suo portafoglio in borsa dopo aver lasciato la mancia alla cameriera al posto suo.»

«Ovviamente non è così,» dico, sistemando i gemelli d'argento. «Se mancherà qualcosa, la detrarrò direttamente dal tuo stipendio. D'accordo?»

Todd deglutisce. Sembra che stia per svenire o vomitare. Probabilmente entrambi.

«Io... beh, signore, ehm...»

Agito una mano per fargli capire di stare zitto e guidare. Non gli permetterò di ripagarmi. Non ho problemi da quel punto di vista. Voglio soltanto dargli una lezione. Il mio lavoro è già abbastanza stressante senza dovermi preoccupare del mio assistente.

Non posso licenziarlo, però, dato che Todd è mio nipote. Mia sorella me lo ha lasciato davanti alla porta di casa dicendomi che aveva bisogno di fare esperienza. Ci sono soltanto due persone a cui non riesco a dire di no. Mia madre e la mia sorellina.

Sarah è in debito con me.

«Siamo qui, zio Asher,» dice Todd quando la Maserati entra nel parcheggio.

Corrugo la fronte. «Che cosa ti ho detto?»

Todd sussulta. «Di non chiamarla mai così durante le ore di lavoro.»

«Lascia l'auto accesa. Ci metterò un minuto.»

Scendo dall'auto e finisco in una pozzanghera. Sto per perdere la pazienza, ma non lo do a vedere.

Il rifugio per animali è malandato. Dall'esterno non sembra nemmeno aperto. La scritta sulla porta è sbiadita a causa del sole e il logo è a malapena visibile. Se non fosse per il cartello luminoso *Siamo Aperti,* penserei che sia abbandonato.

La campanella sopra la porta suona nel momento in cui entro.

C'è un odore terribile. Bagnato, pesante e simile a...

Un cane corre verso di me, cominciando ad abbaiare senza sosta.

«Scooter!» urla una ragazza. «No, cattivo. Torna qui.»

Il Russell Terrier mi salta addosso e ringhia quando si rende conto di aver calcolato male la differenza di altezza. È cieco dall'occhio destro e credo che gli coli il naso. Abbasso lo sguardo e vedo che ho i pantaloni ricoperti di peli.

«Ah, merda,» esclama la ragazza, sollevando il cane. «Salve, sono Lake. Scooter, andiamo. Comportati bene, per favore. Mi dispiace. Di solito è davvero amichevole. Deve essere colpa del tempo.»

Non la sto ascoltando. Sono troppo sconvolto dalla sua bellezza e riconosco la voce. È quella che mi ha lasciato il messaggio in segreteria.

Ehm, sì, salve. Mi chiamo Lake Shellbrook. Ho trovato un portafoglio che appartiene ad Asher Chase. Se mi richiamasse, sarebbe grandioso. Sarò al Rifugio per Animali Shellbrook a Michael Way. Passi pure a prenderlo.

Ricordo di aver pensato che fosse giovane. Forse diciannove o venti anni. Invece davanti a me non trovo una ragazzina ma una bellissima donna. I lunghi capelli castani sono raccolti in una crocchia spettinata con ciuffi che sono scappati e le incorniciano il viso. Gli occhi a mandorla hanno ciglia lunghissime. La camicia che indossa è umida, quindi deve essere stata sotto la pioggia fino a poco fa.

Riesco a vedere il reggiseno rosa che indossa sotto, ma distolgo lo sguardo.

«Mi dia un secondo,» dice mentre incita il cane ad andare nella direzione da cui è arrivato. Torna qualche istante dopo con il mio portafoglio e me lo passa. «Ecco qui.» Lo prendo e le sfioro le punte delle dita con le mie. Resto in silenzio a fissarla.

«Può controllare che ci sia tutto,» aggiunge, infilando le mani nelle tasche posteriori dei jeans.

Lo faccio e trovo tutto quanto. Le carte di credito e i contanti. «Interessante,» mormoro.

Lake inarca un sopracciglio. «Che cosa?»

«C'è tutto.»

«Perché non dovrebbe?»

Lo chiede in modo innocente e scrollo le spalle. «La sua onestà è una boccata d'aria fresca. Ci sono molte persone che non si sarebbero disturbate a ridarmelo. O almeno avrebbero rubato i soldi.»

Lake mi rivolge un sorriso. «Allora è fortunato. Comunque, grazie per essere passato.»

Non posso fare a meno di ridere. «Tutto qui?»

«Sì.»

«Non vuole una ricompensa?»

«No. Non credo che la gente dovrebbe essere ricompensata per aver fatto la cosa giusta.» Lake guarda dietro di lei e poi si sente un coro di cani abbaiare. Si volta di nuovo verso di me e mi rivolge un sorriso dispiaciuto. «Mi scusi, ma devo lavorare. È stato un piacere, signor Chase.»

Va via prima che possa salutarla.

Davvero interessante.

Penso a Lake per il resto del tragitto in auto.

Di solito non mi disturbo a pensare così tanto alla gente. Aveva il mio portafoglio e l'ha restituito, come una transazione economica. Tuttavia, di solito in quei casi si chiede sempre qualcosa in cambio e lei non ha voluto niente.

Davvero insolito.

Las Vegas è conosciuta per i suoi eccessi. Chi cerca una distrazione dalla propria vita viene qua per tentare la fortuna. Questa città è un paradiso per gli opportunisti e gli avari.

Denaro. Sesso. Droga.

Si chiama la Città del Peccato per una ragione.

Eppure, nascosta tra i meandri della caotica Las Vegas, c'è Lake con il suo rifugio per animali. La curiosità prende il sopravvento. Che ci fa una ragazza come lei in un posto come questo? È colpa di una scommessa finita male? Non mi sorprenderebbe se fosse qui perché deve del denaro a qualcuno. Più ci rifletto, più mi rendo conto che non mi sembra quel tipo di ragazza. Dubito che le piacciano i casinò.

Finalmente arrivo al *Grandiose*. È difficile non notarlo. È un edificio elegante, al contrario dei suoi vicini di casa. È ricoperto d'oro e luci. Durante il giorno brilla sotto i raggi del sole e di sera sembra una stella.

Todd si ferma davanti all'entrata VIP, dove un parcheggiatore mi apre lo sportello. «Signor Chase,» mi saluta con un cenno del capo.

«Parcheggia e raggiungimi alla centrale di comando,» dico a Todd prima di scendere.

Le porte del casinò si aprono per me e vedo i due portieri con la loro uniforme. Non appena entro, due ragazze con indosso abiti da flapper mi affiancano. Sono entrambe performer che fanno anche parte del personale.

«Salve, signor Chase,» dice la ragazza alla mia destra. «Posso portarle da bere?»

«Vorrebbe un sigaro, signor Chase?» chiede quella alla sinistra.

«Non preoccupatevi per me, signore. Pensate ai clienti,» rispondo.

La ragazza alla destra – non mi sono mai disturbato a imparare i loro nomi – mette il broncio e guarda l'amica. «Ne è certo, signor Chase? Deve essere assetato dopo l'avventura di oggi.»

«Come fai a saperlo?» domando.

Mi prende a braccetto e spinge il seno contro di me. «Proprio come so che le piace un bel Sazerac con ghiaccio,» risponde con voce suadente. «Faccio attenzione.»

Mi avvicino per sussurrarle all'orecchio. «Se prestassi attenzione a quegli squali al tavolo sette, forse ti guadagneresti una briciola del mio rispetto.» La allontano. «Va' a lavorare oppure sparisci. Non mi interessa.»

Poiché sanno di non poter ribattere, le due ragazze vanno via. Nonostante mi piaccia stare al casinò, preferisco la centrale di controllo. Da lì posso vedere tutto il mio impero. Dalle slot machine al buffet. Sono circondato da monitor e posso vedere ogni partita che si gioca. Scovare gli imbroglioni non è semplice, ma faccio questo lavoro da molto tempo.

Si tratta di matematica. Il casinò vince circa il dieci per cento di tutti i soldi che si scommettono. Le nostre fiche sono tracciabili e, non appena qualcuno della sicurezza nota qualcosa di strano, cominciamo subito a indagare. Basta un solo sbaglio e finisce tutto. È difficile spiegare il brivido che provo quando becco qualcuno a barare. È come una droga.

Todd arriva con il cellulare e me lo passa. «È la mamma. Ehm, voglio dire... Sarah.»

Prendo il cellulare. «Sai che non apprezzo le telefonate al lavoro.»

«Non fare lo stronzo,» ribatte con una risata. «Volevo soltanto sapere come sta il mio fratellone preferito. E, sai, chiedere se il mio povero ragazzo è già stato licenziato.»

«Non ancora. Ci sta provando, però.»

«Sii gentile con lui, per favore.»

«Sapevi in che cosa si sarebbe cacciato. Non ci sono trattamenti di favore.»

«Hai sentito, Todd?» urla così forte che tutti possono sentirla. «Niente trattamenti di favore!»

Todd si massaggia il viso per l'imbarazzo. «Dio.»

Alzo gli occhi al cielo. «Si è lamentato di me?»

«Assolutamente no, *signor Chase*.»

«Sto per riattaccare.»

«Aspetta!»

Sospiro. «Che cosa?»

«Passerò venerdì. Bevi qualcosa con me e la mia amica...»

«Giuro su Dio che se dici Michaela...»

«Michaela. Andiamo, Asher. È una ragazza adorabile con una bella personalità.»

Cerco di non trasalire. «Sappiamo tutti che cosa significa.»

«Vuoi scendere dal piedistallo? Quando è stata l'ultima volta che sei andato a un appuntamento?»

«Devo andare, Sarah. Penso che qualcuno stia barando al tavolo da blackjack.»

«D'accordo, ignora la mia domanda. Natalia ti ha incasinato davvero tanto, eh?»

Natalia.

Sento un sapore amaro sulla lingua quando penso a lei. Una volta le avrei dato tutto, anche se adesso mi rendo conto che non sarebbe stato abbastanza.

Scaccio via quei pensieri. «Non chiamarmi di nuovo al lavoro.»

«D'accordo,» dice, anche se so che non ci crede. «Sei un bambinone. Ci sentiamo dopo.»

«Mmm,» dico prima di riagganciare e rivolgermi a Todd. «Che cosa ho detto sulle telefonate personali?»

Mio nipote abbassa la testa. «Lo so, lo so. Mai durante le ore di lavoro.»

«Si tratta di essere professionali.»

«Sì, signor Chase.»

«Adesso guarda quello schermo. Sarai tu a dare l'ordine.»

Todd raddrizza le spalle. «Davvero? Ehm, okay.»

«Che cosa ti ho detto sui segnali?»

«Manipolazione delle carte e collusione. Chi bara lavora spesso in gruppo. Se ne trovi uno, scoverai anche il resto.»

Gli do una pacca sulla spalla. «Bene. Stai imparando.»

Anche se non lo vedo, percepisco il suo sorriso e mi sento stranamente fiero, perché le mie lezioni non sono state uno spreco totale.

Capitolo Quattro

Asher

Lake Shellbrook è diversa. L'ho capito non appena l'ho vista. È troppo onesta e gentile per Las Vegas. Non conosco nessuno che rifiuterebbe una fotocamera nuova di zecca *gratis*.

Todd mi guarda mentre faccio avanti e indietro.

«Signor Chase, va tutto bene?»

La risposta breve è sì. Tecnicamente va tutto bene. La risposta lunga è non lo so. Non ho mai conosciuto una persona come Lake. Erano *anni* che qualcuno non catturava la mia attenzione. Dopo che Natalia è andata via, mi sono tuffato nel lavoro.

Non sono ancora triste per Natalia. Da quel che so, ha trovato qualcuno e ha un figlio. Buon per lei. Diceva sempre di volere una famiglia numerosa e una casa con la staccionata bianca. Era quello il problema. Io ero troppo preso dal *Grandiose*.

Preferivo il caos della Strip e l'anonimato di Las Vegas. Non eravamo compatibili. Dopo di lei non ho nemmeno provato a frequentare qualcuno.

È innegabile che Lake sia attraente. C'è qualcosa di piacevole nella sua onestà e semplicità. Le donne che mi circondano sono troppo esagerate, capelli voluminosi, profumi fastidiosi e labbra finte. A Lake non sembra importare delle aspettative degli altri. Ricordo a me stesso che non mi va di lasciarmi coinvolgere, ma voglio comunque saperne di più su di lei.

«Che cosa mi sai dire dello Shellbrook Animal Shelter?» chiedo a Todd.

Cerca sul suo iPad. «Fondato nel 2005,» legge a voce alta. «Da Mary e David Shellbrook.»

«I suoi genitori?»

«Credo di sì. Non dice molto. Hanno un sito web... oh, cavolo.»

«Che c'è?»

«Sembra che abbiano permesso a un bambino di giocare con i loro codici HTML. Penso che non lo aggiornino dal giorno della creazione di internet.»

Guardo lo schermo. Ha ragione. Lo sfondo ha un colore terribile, il font è Comic Sans e ci sono gif di cani che abbaiano dappertutto.

«Che altro?» chiedo.

«Si tratta di un rifugio non-profit che non abbatte gli animali. A quanto sembra hanno un buon programma di adozione, ma negli ultimi due anni hanno avuto problemi con le donazioni.»

Lavoro soprattutto al rifugio. Quella è la mia più grande gioia.

La voce delicata di Lake mi risuona nella mente.

«Fa' portare l'auto qui,» ordino.

Todd inarca un sopracciglio. «Dove andiamo?»

«Al rifugio.»

So che mio nipote vuole chiedermi perché, ma è abbastanza intelligente da non farlo. Posa l'iPad e va verso la porta.

L'odore di cane bagnato è ancora più pungente oggi. C'è un rumore che proviene dal retro e una ragazza lavora dietro alla scrivania, ma non è Lake. Ha capelli ricci scuri e occhi verdi. La targhetta sulla maglia dice che si chiama *Maeve*. La campanella sulla porta annuncia il mio arrivo e spalanca gli occhi quando mi vede. Fingo di non accorgermene.

«Ehm... oh, wow,» sussurra. «Salve. Ehm, sì. Salve, come posso aiutarla?»

«Lake lavora oggi?» chiedo.

«Sì, sta compilando alcuni documenti sul retro per un'adozione. Se vuole posso chiamarla.»

«Posso aspettare.»

«Certo, mi faccia sapere se posso fare qualcosa per lei. Qualsiasi cosa.»

Mi allontano e osservo il posto. Il rifugio deve aver visto giorni migliori. La pittura sta per cedere e i poster accanto alla scrivania sono sbiaditi. Su uno scaffale davanti a me ci sono shampoo per animali, biscotti per cani e giocattoli. È difficile non notare lo strato di polvere dappertutto.

Una giovane coppia esce dalla stanza sul retro e al guinzaglio hanno un piccolo Corgi. Lake li segue e li saluta con un sorriso.

«Prendetevi cura di lui,» dice con gioia.

«Lo faremo,» risponde la coppia all'unisono.

Lake mi vede e mi rivolge un sorriso sorpreso. «Asher? Che ci fai qui?»

«Volevo vedere...» Mi irrigidisco. Merda. Che cosa dovrei dire? «I cani,» dico all'improvviso. «Volevo vedere i cani.»

La sua espressione cambia per un secondo, come se fosse delusa, ma dopo chiede: «Vuoi adottare? Magari fare volontariato?»

«Non ne sono sicuro. Magari una donazione.»

«Una donazione? Beh, sei molto gentile.»

Estraggo il libretto degli assegni dal taschino della giacca. «A chi lo devo intestare?»

«Allo Shellbrook Animal Shelter, LLC.»

«Certo.» Scrivo una cifra, la data e lo firmo. Dopo glielo passo e cerco di ignorare il brivido che provo quando il suo viso si illumina.

«Dici sul serio?» chiede con un sorriso enorme. «Questo è *tantissimo*, Asher.»

«Faccio soltanto la mia parte. Per gli animali.»

Lake sorride e quel suono fantastico mi sorprende. Sembra quello di una sirena. Sono certo che non sia intenzionale, ma *Dio*... è così adorabile.

«Grazie, mi aiuteranno tanto.»

«Nessun problema.»

«Andiamo,» esclama, sfiorandomi un gomito. «Lascia che ti presenti i cani.»

«Non è... ehm, non è necessario.»

Ridacchia. «Non hai paura, vero?»

«Cosa? Certo che no.»

«Allora *andiamo*.»

Non riesco a dire di no e le permetto di guidarmi soltanto perché mi piace il suo tocco. La sua presa è un po' rigida ma allo stesso tempo delicata e sento una fitta al petto.

Arriviamo in una stanza con tre cani. A sinistra ne vedo un'altra con delle gabbie. Ci sono parecchi cani e la maggior parte dorme. Lake mi porta nella stanza dei giochi, ma dobbiamo chiudere prima che il russell terrier di qualche giorno prima possa scappare. Scooter comincia a correre verso di me e agita la coda.

«Lui è Scooter, credo che vi siate già conosciuti,» dice Lake.

Mi abbasso per accarezzarlo. «Sì, ci conosciamo.»

Lake indica un cane con il pelo grigio che è sdraiato su un lettino. «Lui è Elvis. Sono quasi certa che sia sordo e dovrai parlare ad alta voce per attirare la sua attenzione. E questa...» Lake indica lentamente un Pitbull terrorizzato. «Lei è Gaga. È la trovatella più recente.»

«Trovatella?» ripeto.

«È una storia triste. Molti dei cani che arrivano qui li troviamo per strada oppure li salviamo dagli allevamenti. L'ex padrone di Gaga l'ha tenuta rinchiusa in una gabbia per chissà quanto tempo. In realtà è molto dolce ma è impaurita. Non ci sono molte persone disposte a adottarla perché temono che sia aggressiva. Non aiuta la reputazione dei pitbull.»

«Che peccato.»

Lake annuisce. «Già. Anche Scooter ed Elvis sono qui da molto tempo.»

«Come mai?»

«Beh, come ho detto, Elvis non è più un cucciolo e molta gente non vuole adottare un cane più anziano. E Scooter... beh, è davvero energico e ha bisogno di una famiglia molto paziente e che abbia tanto spazio. Non ho ancora trovato la casa giusta per loro.»

«Capisco.»

«Tu hai animali?» mi chiede.

«No, non ne ho.»

Lake mi sorride e sbatte le ciglia. «Ne *vorresti* uno?» domanda. «Hai detto che volevi vedere i cani, perché non adottarne uno?»

«Non sono mai a casa,» rispondo.

«Non hai nessuno? Nemmeno una ragazza o una moglie?»

«No,» rispondo, divertito. Se questo è il suo modo di chiedermi se sono impegnato, è davvero discreta. «Niente moglie né ragazza, anche se ho un manager che passa lì tutta la giornata.»

«Vedi? È perfetto!»

«Non lo so...» Scooter si siede davanti a me ed emette un lamento. Mi fissa con i suoi occhioni e agita la coda mentre la lingua penzola in modo adorabile. Credo che lo stia facendo apposta e Lake mi guarda con espressione carica di speranza. Non posso dire di no. «Non so come ci si prenda cura di un cane,» provo a ribattere.

«Posso insegnartelo.»

«Non ho gli strumenti né il cibo,» insisto.

«Possiamo comprare tutto quello di cui hai bisogno.»

«Possiamo?»

Arrossisce leggermente. «Voglio dire... se ti va.»

«D'accordo, farai meglio a non darmi buca.»

«Non lo farò.»

«Bene. Adesso devo tornare al lavoro ma posso passare dopo. A che ora finisci?»

«Il rifugio chiude alle sei, ma io resto un'ora in più per ripulire. Diciamo alle sette?»

«Certo, alle sette va bene.»

«Grandioso. Nel frattempo farò un altro bagno a Scooter.»

«Lo apprezzo. Allora... ci vediamo dopo.»

Lake ride. «A dopo.»

Mi volto e vado via, sentendomi leggero per la prima volta dopo tanto tempo. Cerco di non illudermi, perché so che non è un appuntamento. Lake mi aiuterà a comprare quello di cui ho bisogno per prendermi cura di un cane che in qualche modo mi ha convinto a adottare.

Controllo l'orologio.

Non vedo l'ora che siano le sette.

Capitolo Nove

Lake

Entriamo di corsa nella stanza dell'albergo. Baciare Asher è come prepararsi a saltare da un aereo. Il cuore non smette di battere, sono senza fiato e non vedo l'ora di scoprire che cosa succederà. Non cadrò, però, perché Asher mi stringe forte. Fa scorrere le mani sulle mie curve e non oppongo resistenza. *Voglio* che mi tocchi. Voglio che faccia quello che preferisce.

È lui ad avere il controllo.

Io sono solamente alla sua mercé.

Mi blocca contro la parete e mi divora, succhiandomi il labbro inferiore mentre ruoto il bacino. Abbiamo entrambi il respiro affannoso, siamo famelici. Vorrei osservarlo per sempre, ma sono così presa dalla barba incolta, dal petto ampio e dalle spalle larghe che non riesco ad ammirare tutto nello stesso momento.

È così *enorme*. Una parte di ma ha sempre saputo che fosse molto più alto, ma non ci avevo mai davvero fatto caso fino a questo momento. Mi solleva come se non pesassi niente e gli metto le gambe attorno alla vita. Mi porta sul letto e mi adagia con cura. Quasi lo trascino con me mentre provo a sbottonargli la camicia. Tuttavia, sono troppo eccitata e ho qualche difficoltà. Per fortuna lui sembra avere più controllo di me e mi solleva il vestito, rivelando le mutandine di pizzo.

Mi bacia la caviglia e comincia a salire finché non raggiunge la coscia, mordicchiandola. Dopo si sposta sul mio centro e lo stuzzica attraverso il tessuto. Sento il calore accumularsi nel basso ventre e lui mi afferra le gambe come se fossero un'àncora di salvataggio. Lo guardo affascinata mentre mi toglie le mutandine con i denti, lasciandomi completamente nuda.

All'improvviso mi sento in imbarazzo, ma non ho la possibilità di arrossire perché Asher spinge la lingua contro il mio centro. Smetto di respirare e chiudo gli occhi. Comincia a disegnare cerchi sul clitoride e gli sfugge una risatina che mi fa rabbrividire di piacere.

Gli passo le mani tra i capelli. Non pensavo che la serata sarebbe finita così, ma non mi lamento. Non mi sono mai sentita tanto viva, apprezzata e adorata. E pensare che non sarebbe mai successo se non avessi trovato il portafoglio.

Forse la fortuna è dalla mia parte, dopotutto.

Asher ridacchia di nuovo quando tremo. «Ti piace, non è vero?»

Non riesco a contenere il gemito che mi sfugge. «Sì, mi piace parecchio.»

«La tua fica ha un sapore fantastico. Voglio vederti venire sulle mie dita. Ti piacerebbe, tesoro?»

Le sue parole sconce mi eccitano e non ho mai desiderato qualcosa così tanto. «Sì, per favore, *sì*,» ansimo.

Asher preme il dito contro l'entrata, allargandomi in modo fantastico. All'inizio sento un leggero fastidio ma mi abituo subito. Raggiunge immediatamente quel punto speciale e il calore mi pervade. È come se nelle vene scorresse lava bollente e sto per perdere la testa.

All'improvviso il piacere mi acceca e il calore mi travolge. Emetto un grugnito e comincio a pronunciare parole senza senso che sembrano incitare Asher a continuare, perché si siede sul letto e mi posiziona subito sopra di lui.

Mi toglie il vestito e ci baciamo con trasporto. Dopo mi sfila il reggiseno e mi rendo conto di essere a mio agio, anche se sono del tutto nuda. Si abbassa per succhiarmi un capezzolo e massaggia l'altro seno con la mano. Gli passo le dita tra i capelli e sento l'erezione spingere contro di me.

Di solito non sono impaziente, ma è ancora vestito e sento l'erezione puntare contro di me e non ce la faccio più. Ci baciamo e comincio a sbottonargli la camicia. Faccio ancora fatica e Asher se ne accorge. Sorride contro la bocca e mi fa soffrire un altro po'. Non mi vergogno nemmeno del lamento che mi sfugge.

«Togli i vestiti,» gli ordino.

«Qual è la parola magica, tesoro?»

«*Adesso*.»

Scoppia a ridere e mi sposta, schiacciandomi contro il materasso. Dopo si solleva sulle ginocchia e si spoglia. «Toccati,» mi ordina, mostrandomi il petto scolpito. «Fammi vedere quanto sei bella.»

Obbedisco e comincio a massaggiarmi il clitoride. I suoi occhi diventano più scuri, le pupille si dilatano per il desiderio e sgancia la cintura prima di abbassare i pantaloni e i boxer, rivelando l'erezione pulsante.

Mi viene subito l'acquolina in bocca. È *enorme*, proprio come tutto il resto, quindi non so perché mi sorprenda. Mi sollevo per avvicinarmi e ricambiare il favore, afferrando l'asta e succhiando la cappella. Mi piace il modo in cui rabbrividisce nel momento in cui lo accolgo in bocca.

«Lake,» ansima il mio nome quando mi tocca la gola. «Cazzo, la tua bocca è fantastica. Ti piace succhiare questo uccello?»

Gemo in risposta e comincio a fare su e già con la testa. Amo i suoni che emette. Dopo lo sento irrigidirsi e sollevo lo sguardo, notando un'espressione meravigliata sul suo viso.

«Lake,» sbotta. «Sdraiati.»

«Ma mi sto divertendo,» rispondo.

«Fidati, tesoro. Ti divertirai molto di più fra qualche secondo. Fa' la brava e sdraiati per me.»

Non ribatto e obbedisco subito, spalancando le gambe. Asher prende un preservativo dalla tasca dei pantaloni e inarco un sopracciglio.

«Sei un po' troppo sicuro di te, non credi?» Lo prendo in giro.

Asher ride. «Un boy scout deve sempre essere preparato.»

Scoppio a ridere. «Eri un boy scout? Voglio vedere le foto, per favore.»

Ridacchia. «Forse dopo, se farai la brava.» Mette il preservativo e torna da me. «Va tutto bene?» chiede.

«Assolutamente sì. Vieni qui.»

Preme contro di me e impiego qualche secondo ad abituarmi. È molto più grosso delle dita, quindi il bruciore dura un po' di più. Mi dà tutto il tempo di cui ho bisogno, distraendomi con i baci e stringendomi tra le braccia quando gli allaccio le gambe attorno al bacino. Odora di acqua di colonia costosa e whisky, e adoro sentire il suo peso sopra di me.

«Stai bene?» mi chiede con voce roca.

«Sì,» rispondo. «Per favore, muoviti. Ho bisogno di sentirti dentro di me.»

All'inizio si muove lentamente e poco dopo aumenta il ritmo. La cappella continua a colpire quel punto magico e mi avvicino sempre di più al culmine. Prende tutto quello che desidera e io accolgo il dolore lieve per non pensare che questa serata prima o poi dovrà finire.

Sento il piacere crescere dentro di me e poco dopo divento disperata. Il suo sapore è inebriante e il modo in cui mi tira i capelli mi fa impazzire.

«Così, tesoro,» ringhia. «Cazzo, la tua fica è stretta e bellissima. Verrai con me? Ti sto scopando per bene, dolcezza?»

«Sì, Asher. *Sì*. Mmm... cazzo, proprio lì!»

«Vorrei che potessi vedere quanto sei bella. Ti faccio sentire bene?»

«Benissimo. Oddio, Asher, così bene...»

«Ho desiderato questo momento sin dal primo istante in cui ci siamo visti, lo sai. Guarda quanto sei perfetta.»

«Asher, credo che...»

«Non pensare. Vieni e basta, tesoro. Vieni per me.»

Gli affondo le dita nella schiena ed esplodo mentre il corpo è scosso dagli spasmi. Asher spinge dentro di me un altro paio di volte e dopo mi segue. Ci baciamo mentre veniamo e alla fine ci fermiamo, entrambi con il respiro affannoso.

Non so per quanto tempo restiamo lì sdraiati. So soltanto che sono le quattro del mattino quando controllo l'orologio. Non sono mai rimasta fuori fino a quest'ora. Ci accoccoliamo e Asher mi accarezza i capelli mentre io gli disegno cerchi sul petto con il pollice.

«Vuoi che vada così puoi dormire?» sussurra.

Scuoto la testa e lo attiro a me. «Puoi restare?»

«Certo, tesoro. Come preferisci.»

Mi dà un bacio sulla fronte e ascolto il battito del suo cuore. Il primo a addormentarsi è lui ma non mi dispiace. Mi dà l'occasione di ammirarlo e osservo le sopracciglia folte, le labbra carnose e la mascella scolpita. Sembra diverso mentre dorme, in pace e vulnerabile.

Sento un tuffo al cuore quando mi rendo conto di essere una dei pochi ad avere il privilegio di vederlo così.

Capitolo Dieci

Asher

Non voglio andare via. Preferirei prendermi un giorno libero e restare a letto con Lake.

È fantastica. La verità è che non avevo intenzione di andare a letto con lei al primo appuntamento, anche se devo ammettere che è stato bellissimo. Lake è irresistibile e mi piacerebbe davvero passare la giornata a guardarla dormire rannicchiata sul materasso.

Purtroppo i quindici messaggi e le sei chiamate perse da parte di Todd mi dicono che non posso permettermelo. Uno degli uomini della sicurezza mi ha detto che hanno individuato un altro giro di truffatori e che c'è anche un problema con una fila di slot machine al primo piano. Molti membri del personale sono andati via senza il preavviso di due settimane e al buffet della colazione hanno finito la salsa ranch.

Devo andare al lavoro e risolvere tutti questi casini e non sono nemmeno le otto e mezzo.

Lake sta ancora dormendo e i capelli le formano un'aureola attorno alla testa. La luce del sole le illumina la pelle dorata. Siamo andati a dormire molto tardi, quindi non la sveglio. Scendo dal letto cercando di fare silenzio e raccolgo i vestiti dal pavimento. Dopo vado al piano di sopra per controllare Scooter e cambiarmi.

Scooter mi salta addosso non appena mi vede, agitando la coda. Sono felice che non abbia causato danni e che l'arredamento sia ancora intatto. Mary compare dalla cucina con un sorriso enorme sul viso.

«Buongiorno, signor Chase.»

«Buongiorno. Ieri è andato tutto bene, vero?»

«Oh, sì. Scooter è stato bravissimo.»

Mi abbasso per dargli una pacca sulla testa e grattargli l'orecchio. «Mi fa piacere.»

«Posso prepararle qualcosa da mangiare, signor Chase?»

«Una tazza di caffè, grazie. Faccio una doccia e poi vado al lavoro. Sarò molto impegnato.»

Mary non ha bisogno di alzare gli occhi al cielo, posso percepirlo dal tono della sua voce. «Lei è *sempre* molto impegnato. Quando si prenderà una pausa? Non le fa bene alla salute.»

«Ci penserò.»

Mary va via per prepararmi il caffè e io mi dirigo in bagno per una doccia veloce. Scooter mi aspetta con pazienza, seduto sul water. Mi piace la sua compagnia. È adorabile e non causa problemi. Impiego poco a vestirmi e torno di sotto per il mio caffè.

Subito dopo mi dirigo al casinò ed è un vero caos. Non ho mai visto il *Grandiose* così disorganizzato. C'è una fila di clienti insoddisfatti che arriva fino alla zona del gioco d'azzardo. Vedo anche una signora anziana che si lamenta accanto alle slot machine ed è chiaro che siamo a corto di personale.

Una sera. Sono stato via per una *sera*.

Ecco perché non mi prendo giorni liberi.

Todd riesce a individuarmi tra la folla e comincia a premere le dita sull'iPad, controllando le telecamere di videosorveglianza.

«Dov'era finito?» chiede esasperato. «Sono ore che la cerco.»

Non rispondo. Invece mi metto subito al lavoro. «Voglio che raduni gli altri membri del personale. Offri loro il doppio della paga. Fa' qualsiasi cosa per convincerli a venire qui,» ordino.

Todd annuisce. «D'accordo.»

«Hai chiamato il tecnico per le slot machine?»

«Sì, un'ora fa.»

«Chiamalo di nuovo. Voglio che le slot machine tornino a funzionare entro venti minuti. Se non può venire, licenzialo e chiedi a Jack il numero del suo tecnico.»

«Jack non è un suo competitor? Se non volesse darmi il numero?»

«Lo farà, siamo amici. Al massimo sarò in debito con lui,» rispondo.

«D'accordo.»

«Adesso dimmi, qual è il problema con quella signora?»

«Ho impiegato un po' di tempo a capire chi fosse perché ha fornito quattro o cinque carte di identità quando la sicurezza le ha chiesto il documento.»

«Allora?»

«Cinque carte di identità *false*. Tutte con nomi, indirizzi e lavori diversi.»

«Divertente,» mormoro.

«Sembra che l'abbiano bandita da tutti i casinò della Strip. L'hanno vista infilare qualcosa in una slot machine e stanno provando a tirarla fuori.»

«Mettetela sulla lista nera e scattatele una foto, così ci ricorderemo di lei.»

«Subito. Come ci comportiamo con il buffet?» chiede.

Mi stringo il ponte del naso e chiudo gli occhi. Ho già il mal di testa. «Ci penso io, ma prima ho bisogno che tu mi faccia un favore.»

«Di che si tratta?»

«Ho bisogno che invii a Lake un messaggio da parte mia. Dille di chiamarmi quando potrà farlo. Mi piacerebbe uscire di nuovo con lei...»

«Toglimi quelle mani di dosso!» urla la signora quando una guardia prova ad accompagnarla fuori. «Questo è abuso sugli anziani. Lasciami andare o vi denuncerò!»

Un uomo d'affari non vuole mai sentire la parola con la D. La donna comincia a urlare e dimenarsi per attirare l'attenzione e mi chiedo se lo faccia apposta. Forse era proprio questo il suo obiettivo. Basterebbe un piccolo errore, una mano troppo stretta attorno al braccio e urlerebbe al lupo con un centinaio di testimoni disposti a confermare la sua versione. Devo mettere fine a questa storia una volta per tutte.

Capitolo Undici

Lake

Il suo lato del letto è freddo quando mi sveglio e non c'è traccia di lui. Nessun biglietto, niente messaggi. Ha preso i vestiti ed è andato via. Mi siedo e mi copro con il lenzuolo, che ha ancora il suo odore.

Cerco il cellulare sul comodino. Sono quasi le undici e dovrei andare al rifugio. Maeve ha detto che ci avrebbe pensato lei, ma non mi va di scaricarle le mie responsabilità. Non so se chiamare Asher. Mi fermo per un momento a guardare lo schermo.

Se fossi troppo appiccicosa?

Siamo andati a un appuntamento e abbiamo passato una serata magica. Sarebbe sbagliato scrivergli così presto? Penserà che sia disperata? È passato troppo tempo dall'ultima volta in cui sono uscita con qualcuno e non ricordo le regole.

Tuttavia, almeno avrebbe potuto svegliarmi per dirmi che doveva andare. Provo a ignorare la fitta al petto. Magari l'ha fatto ma mi sono riaddormentata subito e l'ho dimenticato. Gli scrivo un messaggio.

Dovei sei?

Non ricevo una risposta, così mi alzo e indosso i vestiti della sera precedente. Dovrò prendere un taxi e tornare a casa per cambiarmi prima di andare al rifugio. Sono in imbarazzo. Questo sarebbe il famoso cammino della vergogna? Ma di cosa dovrei vergognarmi? Mi sono divertita e vorrei davvero rivedere Asher, anche se le voci nella mia testa non sono molto ottimiste.

Mi ricompongo, mi vesto e vado di sotto. Non ho i sintomi del post sbornia ma l'arredamento dorato del *Grandiose* è comunque accecante. Ho l'impressione che la gente mi giudichi, ma con molta probabilità è soltanto la mia immaginazione. Mi sento a disagio qui. Il vestito, l'ambiente, l'esagerazione. Non appartengo a questo posto.

Sono soltanto una ragazza qualunque che lavora in un rifugio per cani.

Asher è il ricco proprietario di un casinò abituato a una vita di lusso.

Veniamo da due mondi diversi. Anche se Asher comincia a piacermi, non posso negare il contrasto tra le nostre vite e non riesco a immaginarmi mentre trascorro il tempo qui. I rumori continui della Strip mi terrebbero sveglia la notte. Tuttavia, non penso che Asher sarebbe disposto a lasciarsi tutto questo alle spalle. Ha lavorato sodo per arrivare fin qui e non preferirebbe mai stare in un luogo che puzza sempre di cane bagnato.

Controllo il cellulare per vedere se mi ha risposto.

Niente.

Faccio un respiro profondo ed esco, fermando il primo taxi che vedo e chiedendo all'autista di portarmi a casa.

Quel piccolo demonio di Maeve mi attira a lei e inarca le sopracciglia non appena mi vede entrare. «Allora?» chiede.

«Cosa?»

«L'appuntamento. Com'è andato?»

«Bene.»

Sbuffa. «Soltanto *bene*? Credo che quel succhiotto sul collo la pensi diversamente.»

Sfioro il punto sensibile sul collo. Avevo passato mezz'ora davanti allo specchio per provare a coprirlo con il trucco, ma non sono un'esperta.

«Raccontami,» dice, seguendomi mentre mi dirigo verso il retro. «Che cosa avete fatto? Beh, è chiaro che abbiate *fatto* ma...»

«Possiamo lavorare?» domando, ignorando il rossore sulle guance. «Hai dato da mangiare ai cani? Li hai portati a fare una passeggiata? Hai pulito le gabbie?»

«Sì, sì e sì. Lascia che indovini. Cena? Cinema? Ti ha portato i fiori?»

Sospiro mentre entro nella stanza dei giochi. Gaga si alza dal letto che prima usava Scooter quando mi vede. Sembra che si senta più a suo agio qui e viene da me per annusarmi le dita. Le do una pacca sulla schiena e dopo ritorna al suo posto.

Maeve corruga la fronte. «Che succede? Sto ficcando troppo il naso?»

«No, è... beh, forse un po'.»

«Scusa.»

«No, non fa niente. Io... in realtà mi sono divertita molto.»

«Allora perché sei così triste?»

Mi mordo la guancia. «Penso che sia tutto nella mia testa. Io... ho passato la notte lì.»

Spalanca la bocca e mi dà uno spintone sulla spalla. «Dici sul serio? È stato...»

«Un perfetto gentiluomo.»

«Stavo per chiederti se ce l'avesse grosso, ma va bene così.»

Alzo gli occhi al cielo. «Non lo so, questa mattina non mi ha salutato e ho pensato che fosse strano.»

«Davvero? È una mossa da coglione. Magari ti ha lasciato un biglietto?»

«Ho controllato e gli ho anche inviato un messaggio.»

«Ti ha risposto?»

Controllo di nuovo. Deve averlo visto. «Niente,» mormoro con un sospiro. «Dovrei scrivergli di nuovo?»

«No,» risponde subito. «Dio, no. Penserà che ti piace.»

«Ma mi piace *davvero*.»

Solleva le braccia. «Ehi, bella. Non faccio io le regole. Sembrerai disperata.»

Sospiro. «Era quello che pensavo.»

«Dagli un po' di tempo. Se è interessato, si farà sentire. Altrimenti, lascialo andare. Non capisco perché dovresti soffrire per un ragazzo con cui sei andata a un solo appuntamento.»

«Forse hai ragione.»

«*So* di avere ragione.»

«Comunque non credo che siamo compatibili.»

«Che cosa te lo fa pensare?»

Mi stringo nelle spalle. «Lui... non lo so. Un ragazzo come Asher ha bisogno di una Jessica Rabbit, qualcuno che apprezzi il suo stile di vita.»

Maeve mi dà un pugno sulla spalla. «Ehi, non ne abbiamo già parlato? Ha chiesto a *te* di uscire. Magari ha avuto molte Jessica Rabbit e adesso vuole qualcuno di vero.»

Elvis si stiracchia e abbaia. Di solito è troppo impegnato a dormire per sentire i rumori, quindi mi sorprende. Sembra che voglia dirci che è d'accordo con Maeve e lo apprezzo.

«Grazie,» mormoro. «Adesso dovremmo davvero metterci al lavoro. Hai provato a portare fuori Gaga?»

Annuisce. «Sì, ma è ancora molto nervosa. L'ho convinta a fare il giro dell'edificio. Da quando Scooter è andato via è sempre irrequieta. Probabilmente si sente a disagio senza di lui. A proposito, come sta?»

«Penso che si trovi bene. Sembrava felice.»

«Sono contenta.»

«Proverò a riportarla fuori. Credo che con me si sentirebbe più a suo agio. Puoi spazzolare Elvis mentre sono via?»

«Certo.»

Maeve si mette all'opera e io provo a far indossare il collare a Gaga, che ai dimena e prova a nascondersi, ma non è aggressiva. Si lamenta, ringhia ma non mostra mai i denti. È un pitbull davvero timido e ha bisogno di tanto amore. Non appena capisce che non voglio farle del male, riesco a portarla fuori e lascio che sia lei a stabilire il passo.

Si spaventa ogni volta che un'auto ci passa accanto e mi si scioglie il cuore quando si nasconde tra le mie gambe. Ha fatto parecchi progressi e voglio continuare ad aiutarla. Percorriamo due isolati e alla fine si rifiuta di andare avanti. Con molta probabilità la innervosisce il nuovo territorio e non la biasimo.

«Andiamo, piccolina,» le dico, accarezzandole le orecchie. «Torniamo, ti sei meritata una bella ricompensa.»

Abbaia e torniamo a casa.

Amo il mio lavoro. Non è elegante e siamo sottoposti a livelli di stress altissimi, ma voglio davvero trovare una casa e una famiglia amorevole ai miei piccoli. Non rinuncerei mai a tutto questo, per niente al mondo.

Tuttavia, non credo che Asher la penserebbe come me.

Controllo il cellulare un'ultima volta prima di tornare al rifugio.

Nessun nuovo messaggio.

Capitolo Tredici

Lake

Mi fa aspettare due ore. Dovevamo vederci alle sette ma sono quasi le nove. Certo, sto aspettando in un luogo di lusso, circondata da tutto quello di cui ho bisogno e ho persino un vassoio di frutta fresca che Todd mi ha portato dal casinò, ma il problema resta.

La fitta al petto mi dice che ho sprecato il mio tempo.

Mi piace Asher. Davvero. È dolce, gentile e sono felice quando mi trovo con lui, ma questa non è la prima volta che mi lascia in asso e non permetterò che accada di nuovo. Preferisco stare con i miei cani.

Il *Grandiose* è bellissimo, ma non mi sento a mio agio. Devo sempre camminare in punta di piedi perché temo di rompere qualcosa e vorrei trovarmi a casa con i pantaloni della tuta e una felpa mentre guardo la televisione e mangio involtini primavera o burrito.

Qui mi sento sotto pressione, come se dovessi sempre essere alla moda e posata.

Controllo l'orologio.

21:20

Ho aspettato abbastanza. Non appena esco in corridoio, sento passi avvicinarsi e vedo Asher correre verso di me con le guance arrossate.

«Mi dispiace tanto,» dice con il respiro affannoso. «Giuro che ho fatto il prima possibile. Larry della contabilità parla troppo e mi dispiace davvero tanto. Avrei dovuto annullare e basta.»

Vorrei essere arrabbiata ma la verità è che sono delusa. «Penso che ormai abbiamo perso il tavolo,» sussurro, facendo del mio meglio per nascondere quanto sia triste.

«Lo so, mi dispiace. Sono certo che troveranno un altro tavolo.»

«A essere onesta, non ho più fame. Ho mangiato tanta frutta mentre ti aspettavo.»

Sul suo viso compare un'espressione addolorata. «Scusami.»

«Va... va tutto bene,» rispondo con un sospiro.

«Voglio farmi perdonare.»

«Non lo so...»

«Per favore, Lake. Ho fatto un casino, mi sento davvero in colpa. Il mio lavoro a volte mi porta via più tempo di quanto vorrei, ma mi piacerebbe *davvero* stare con te. Mi darai un'altra possibilità?»

La parte razionale del mio cervello vuole che risponda di no. So quanto valiamo io e il mio tempo e penso che mi sentirei una stupida se lo perdonassi. Tuttavia, la gente commette errori e sembra davvero dispiaciuto. Non mi avrebbe invitato se non avesse davvero voluto uscire con me.

«D'accordo, ma soltanto per questa volta.» Alla fine cedo.

Annuisce. «Lo capisco. Ti ringrazio, Lake.»

«Allora, che cos'hai in mente?»

Mi offre la mano e accetto. «Posso dirtelo oppure mostrartelo direttamente.»

«Che vuoi dire?»

Mi rivolge un sorriso. «Vedrai.»

Nella mia vita non ho mai visto un elicottero da vicino. Asher mi porta sul tetto del *Grandiose*, dove a quanto pare c'è una pista di atterraggio. Il pilota scende e apre il portellone.

«È pronta per te, capo,» urla l'uomo sopra il rumore del motore.

Asher mi aiuta a salire e mi passa un paio di cuffie enormi con un microfono incorporato. Gira attorno all'elicottero e si siede accanto a me.

«Riesci a sentirmi?» chiede, indicando il microfono.

«Sì!» urlo, anche se non vorrei.

Ridacchia. «Bene. Pronta?»

«Aspetta, aspetta. Sai davvero come si usa quest'aggeggio?»

«Mia madre era un pilota dell'aeronautica militare,» spiega. «Mi ha insegnato a pilotare gli aerei quando ero un ragazzino. Gli elicotteri però...» Fa una smorfia, come se fosse incerto.

Mi acciglio. «Non è divertente,» dico con una risata nervosa.

«Scherzo. Volo sempre, soprattutto quando devo partire per lavoro. Di solito lascio che se ne occupi il mio pilota, ma ho pensato che sarebbe stato bello restare da soli. Che ne pensi?»

Non riesco a smettere di sorridere. «Beh, di sicuro è una sorpresa.»

«D'accordo, allaccia la cintura. Si parte.»

Mi aiuta ad allacciare la cintura e dopo passa alla sua. Non appena finisce, comincia a premere alcuni bottoni e sposta una leva. Prima che me ne renda conto, ci solleviamo in aria e sorvoliamo la città.

La Strip è molto più bella da qui. Sembra un universo pieno di stelle. La città è così luccicante che tutto quello che la circonda sembra soltanto una macchia nera.

È entusiasmante.

«Penso che il rifugio sia da quella parte,» dico, indicandolo. «Sei salito su un elicottero in altre città?» gli chiedo.

«Qualcuna. New York e le Hawaii, soprattutto. Ho delle case lì.»

Mi mordicchio la guancia. Anche se è tutto bellissimo, serve a ricordarmi quanto siamo diversi. «Non sono mai stata a New York. O alle Hawaii. In realtà non ho mai lasciato lo stato.»

«Davvero?» chiede senza giudicarmi. «Beh, possiamo andarci insieme.»

«Sul serio?» balbetto.

«È troppo presto?»

«No, sarebbe... sarebbe fantastico.»

Mi rivolge un sorriso affascinante. È così bello mentre pilota l'elicottero ed è facile perdersi nei suoi occhi gentili. Apre la bocca come se stesse per dire qualcosa, ma sento il cellulare vibrare in tasca.

«Devo vedere chi è,» mi scuso e controllo.

È un messaggio da parte di Maeve.

Emergenza al rifugio. Ho bisogno di te.

«Va tutto bene?» mi domanda Asher.

«C'è un'emergenza al lavoro. Mi dispiace tanto, ma devo andare. Se Maeve mi ha contattato deve essere grave,» spiego.

«Oh,» mormora con tono deluso. «Capisco, allora ritorno indietro.»

«Mi dispiace.»

«Non scusarti, Lake. Capisco davvero.»

Mi sento in colpa. Mi sto divertendo ma devo ammettere che è stata una serata strana. Ha avuto un inizio difficile e non sta terminando bene. Magari siamo soltanto sfortunati.

O forse non siamo destinati a stare insieme.

Quando arriviamo è mezzanotte passata. Asher voleva che Todd mi accompagnasse ma ho insistito per prendere un taxi. Asher ha pagato il tassista e ci siamo salutati con un bacio casto che è stato...

Imbarazzante.

L'emergenza è davvero grave. Ne ero certa, perché Maeve è giovane ma molto capace. Se mi aveva inviato un messaggio, doveva esserci una buona ragione.

Abbiamo ricevuto una telefonata improvvisa dal controllo animali locale. Hanno chiuso un altro canile ma adesso siamo al massimo della nostra capacità.

È un incubo.

Molti cuccioli sono in pessime condizioni, ma mi cambio e resto al loro fianco. Sono minuscoli e meritano tutto l'amore del mondo. Il minimo che possa fare è occuparmi di loro.

Maeve mi aiuta ad accompagnare i cani più grandi nelle gabbie. Alcuni sono davvero aggressivi e ci vorrà molto tempo per addestrarli a mantenere la calma, ma io non perdo la mai la speranza.

Sono qui per aiutare e non mi arrenderò.

Capitolo Quattordici

Asher

SENTO DI AVER FATTO un casino enorme. Non sento Lake da una settimana. Di solito non passo tutto questo tempo a pensare a una donna, ma non faccio altro. Il lavoro è stato una distrazione ed è strano, dato che il *Grandiose* è tutta la mia vita. Ho fatto di tutto per arrivare fin qui, per renderlo un business lucrativo, un'altra gemma di Las Vegas.

Tuttavia, adesso mi sembra tutto inutile. Ho ottenuto ogni cosa che volevo. Il *Grandiose* è considerato una delle migliori dieci destinazioni della Strip. Il mio casinò ospita tornei di poker ogni anno. Guadagniamo abbastanza da poter investire in nuovi giochi, arredamento migliore e staff più che qualificato.

E adesso?

Provo a tornare alla mia routine. Mi aiuta a distrarmi e a non pensare che Lake non ha chiamato né inviato un messaggio. Le ho scritto un paio di volte, ma non ho ricevuto risposta. Temo che sembrerò appiccicoso se continuerò. Dio solo sa che non è da me.

È per questo che decido di andare a fare una corsa. La sveglia suona alle cinque del mattino ogni giorno. Indosso un paio di pantaloncini, metto il guinzaglio a Scooter e percorro tutta la Strip prima che la gente cominci a uscire e a riempire i marciapiedi. Di solito Scooter è felice di correre al mattino con me, ma oggi non sembra dell'umore adatto.

«Che succede, Scoot?» gli chiedo. «Andiamo, bello. È ora di una corsetta.»

Scooter non reagisce. Si limita ad annusare e a brontolare. Si posiziona ai piedi del mio letto, che ormai è diventato anche il suo. Non importa quante volte gli dica di dormire sul pavimento, lo trovo sempre rannicchiato sul materasso. Ho rinunciato e devo ammettere che in realtà mi piace averlo vicino.

Oggi lo lascerò dormire qui. Tutti meritano una pausa ogni tanto.

Alla fine scopro che sono molto più veloce senza di lui, dato che ha le zampette corte. Mi sento solo, però. Mi sono abituato a farlo con lui. Spero che domani si unirà di nuovo a me.

Una volta a casa vedo che Mary è già al lavoro. Quando la raggiungo mi accorgo che ha un'espressione preoccupata.

«Signor Chase,» dice. «Si tratta del cane.»

«Scooter? Che gli succede?»

«Non lo so... penso che stia male. Ho provato a dargli da mangiare, ma non vuole. Ho messo la ciotola davanti a lui e ho cominciato a pulire la cucina, ma quando sono tornata...»

Mi acciglio. «Che cosa?» chiedo.

«Ha vomitato dappertutto,» risponde. «Pensa che ci sia qualcosa che non va con il cibo?»

Scuoto la testa. «Lake ha scelto il migliore che avrei potuto comprare.»

Mary sospira. «Ha anche il naso asciutto. Credo che sia un brutto segno. Che cos'ha che non va?»

«Non ne sono certo.»

Vado nella mia stanza e trovo Scooter nello stesso punto in cui l'ho lasciato. Non ha un bell'aspetto. Di solito è pieno di energie, invece non si è mosso di un centimetro. Non agita nemmeno la coda né solleva il capo quando mi sente entrare. Gli accarezzo la schiena ed è stranamente caldo. Non so se sia un bene o un male.

Estraggo il cellulare dalla tasca e invio un messaggio all'unica persona che saprebbe cosa fare.

Asher: Lake, sono io. Posso chiamarti? Penso che Scooter stia male.

Passano due secondi e ricevo una risposta. Provo a non essere geloso. Non ha risposto nemmeno a uno dei miei messaggi ma basta fare il nome di Scooter per attirare la sua attenzione?

Lake: Che succede?

Asher: Credo che stia male.

Lake: Ti invio il numero di un bravo veterinario.

Asher: Verresti con me?

Impiega qualche altro secondo a rispondere. All'inizio penso che rifiuterà ma mi sorprende.

Lake: Certo, ci vediamo lì.

Chiedo a Todd di accompagnare me e Scooter dal veterinario. È molto lontano ma Lake dice che è il migliore. La trovo nel parcheggio ad aspettarci. Va subito a controllare Scooter e vedo l'amore e la preoccupazione nei suoi occhi.

«Da questa parte,» dice. «Assicurati che sia comodo. Il veterinario capirà qual è il problema.»

Sono un po' in ansia quando il veterinario esce per portare Scooter in una delle stanze sul retro e visitarlo. Vorrei stargli accanto, anche se so che sarei soltanto di intralcio. Posso solamente restare seduto ad aspettare e sperare che vada tutto bene. Agito le ginocchia perché sono teso.

Lake mi appoggia una mano sul ginocchio e mi sento subito sollevato.

«È bello vederti,» dice, leggendomi nel pensiero.

«Anche per me. Grazie per essere venuta.»

«Non c'è di che, non ti avrei mai lasciato da solo.»

«Spero soltanto che stia bene.»

«Sono sicura che si riprenderà.»

«Come fai a saperlo?»

Si stringe nelle spalle. «Provo soltanto a essere ottimista.»

«Oh.»

Mi stringe di nuovo il ginocchio. «Sai cosa? Ne sono sicura. Scooter è forte.»

«Lo so.»

«Gli vuoi davvero bene, eh?»

Sorrido debolmente. «Sì, è il migliore amico che si possa avere.»

Mi appoggia la testa sulla spalla. «Sono certa che pensi lo stesso di te.»

Il veterinario torna in sala d'attesa con una cartella in mano. Mi guarda e chiede: «Signor Chase?»

Lake e io ci alziamo. Mi rendo conto soltanto adesso che ha intrecciato le dita alle mie. «Sì?» domando.

«Ho appena visto le radiografie. Sembra che Scooter abbia ingerito qualcosa che gli blocca l'intestino. È troppo grande e non riuscirà ad espellerlo da solo, quindi dovrò operarlo e devo avvertirla, si tratta di una procedura molto costosa...»

«Non è un problema,» lo interrompo, rassicurandolo. «Faccia tutto il possibile. Voglio soltanto che Scooter stia bene.»

L'uomo annuisce. «Allora comincio subito. Potrebbero volerci un po' di tempo...»

«Aspetterò.»

«Io ti terrò compagnia,» dice Lake, stringendomi la mano.

«Come volete. Vi terrò aggiornati.»

Di solito sono paziente, ma non oggi. Restare seduto in silenzio è una tortura. Non riesco a smettere di pensare a quello che succederebbe se Scooter non ce la facesse.

«Come vanno le cose al rifugio?» chiedo a Lake, sperando che la conversazione faccia passare il tempo più in fretta.

«È un caos,» ammette con voce stressata. «Non ho spazio per tutti i cani che sono arrivati e ho difficoltà a trovare loro una casa. Gaga è molto stressata perché non è abituata a stare intorno a tutti questi cani. Temo che farà un passo indietro.»

«Mi dispiace. Posso fare qualcosa?»

Scuote la testa. «Non credo.»

Sembra esausta e non insisto. La sua presenza mi basta.

Le ore passano e il sole comincia a calare. È difficile concentrarsi su qualcosa che non sia la preoccupazione. La gente va e viene, portando i propri animali per un controllo e andando via con un sorriso sollevato. Lake e io continuiamo a stringerci la mano per confortarci a vicenda.

Alla fine il dottore ci raggiunge con un'espressione felice. «Scooter ce la farà,» afferma.

«Grazie a Dio,» risponde Lake. «Che cosa ha ingoiato?»

Il veterinario prendere una busta di plastica con tre fiche dentro. «Le riconoscete?»

Aggrotto la fronte. «Sì, ma non capisco dove le abbia trovate.»

«Beh, adesso non importa. Scooter starà bene. Lo stiamo ripulendo. Sarà frastornato per un po', ma domani tornerà come nuovo.»

«Grazie,» dico.

Lake mi stringe la mano, sollevata quanto me.

Capitolo Tre

Lake

NON CREDO NEL DESTINO, ma persino io devo ammettere che sia strano che io sia finita al *Grandiose* per il servizio fotografico. C'è stato un cambiamento improvviso. La futura sposa ha deciso che preferisce questa location al *Bellagio*. Per me non fa differenza. Mi hanno già pagato la prima parte, devo soltanto presentarmi, fare il mio lavoro e aspettare che mi diano il resto.

In questo posto brilla ogni cosa e temo che le luci rovineranno gli scatti. Anche se non faccio soltanto la fotografa di professione, non sono una principiante. Devo assicurarmi che il servizio vada al meglio, perché ho tante bocche da sfamare. I clienti felici lasciano recensioni positive e la speranza di lavorare in futuro cresce.

Considerata la situazione al rifugio, non posso permettermi di commettere errori.

La sposa e le damigelle sono ubriache ma sembrano divertirsi. Ballano, ridono e mangiano. Preparo l'obiettivo e scatto più foto possibili. Le migliori sono quelle naturali. Sono un gruppetto rumoroso, ma mi consente di lavorare meglio. Preferisco i servizi fotografici pieni di energia in cui tutti si divertono.

Mi chiedo che cosa si provi a essere così spensierati e sono un po' invidiosa. Non ricordo l'ultima volta in cui ho partecipato a una festa come questa. Per fortuna posso approfittare del cibo e delle bevande mentre lavoro, così colgo l'occasione per mettere da parte qualche panino per domani. Nessuno se ne accorgerà.

Una delle damigelle si scontra con una cameriera ed è in quel momento che capisco che la situazione sta per perdere il controllo.

«Guarda dove vai, idiota,» biascica la ragazza.

«Sei stata tu a venirmi addosso,» risponde la cameriera.

«Mi stai chiamando bugiarda, stronza?»

Mi sbagliavo. La situazione ha già perso il controllo.

«Signore,» sussurro, mettendomi tra di loro. «Calmiamoci, non c'è bisogno di essere scortesi.»

«Restane fuori,» sbottano entrambe.

«Guarda che cos'hai fatto,» continua la damigella. «Mi hai rovinato il vestito. Hai idea di quanto costi?»

«Hai idea di quanto costi la mia uniforme?» chiede la cameriera, sfiorando il vestito stile anni venti che adesso è zuppo.

«Uniforme? Questo straccetto?»

«Ascolta...»

«No, ascolta *tu*...»

All'improvviso arriva un'altra cameriera per difendere la collega e il resto delle damigelle raggiunge l'amica. Mi sento in *West Side Story* oppure allo stadio. Di solito non mi lascio coinvolgere da situazioni come queste, ma è impossibile non farlo adesso.

Provo ad allontanarmi, ma non sono abbastanza veloce. Cominciano a spingersi e colpiscono me, facendomi perdere l'equilibrio. Finisco a terra e il rumore della lente che si rompe riecheggia nella sala.

Tutti si fermano e mi guardano sconvolti.

«Oddio,» esclama la sposa correndo verso di me e mi aiuta ad alzarmi. «Stai bene? La fotocamera è a posto?»

Non ci vuole un genio per capire che la fotocamera è andata. Mi rimprovero per non essermi spostata in tempo. Sulla lente c'è una crepa enorme e lo schermo è impossibile da vedere. Riuscirò a salvare le foto dalla memoria ma di sicuro non la fotocamera, perché costerebbe troppo ripararla e non posso permettermelo.

Sento un tuffo al cuore. Senza la fotocamera non potrò lavorare come freelance e di conseguenza non guadagnerò soldi per portare avanti il rifugio. Non voglio chiudere. I miei cani hanno bisogno di me e di un posto sicuro in cui stare. Dove finirebbero senza?

Non posso permettere che accada.

«Che succede qui?» chiede un uomo e riconosco subito la sua voce.

Asher Chase.

È così profonda che la sento riecheggiare nel petto. È affascinante e ipnotica, quel tipo di voce che cattura l'attenzione di tutti in un solo istante.

Gli ospiti e il personale si voltano verso di lui, ma Asher ha occhi soltanto per me. Resta in silenzio e mi offre la mano. La accetto e mi aiuta ad alzarmi, guardando la fotocamera rotta.

«Tu,» dice alla cameriera. «Che succede?»

«Niente, signore,» balbetta. «È soltanto caduto un bicchiere.»

«Ripulisci subito,» le ordina.

«Certo. Immediatamente.»

La cameriera va via e Asher si volta verso la sposa e le amiche. «Per favore, accetti le mie scuse per il suo atteggiamento, signora. Spero che questo non abbia rovinato la sua esperienza al *Grandiose*. Sono certo che vorrà lasciare il suo nome alla mia assistente e le rimborserò tutto quello che ha speso per la serata. Inoltre, offrirò a lei e alle sue amiche cibo e bevande gratis per un anno.»

La sposa arrossì. «Oh, ehm... wow, è gentile da parte sua, signor...»

«Asher Chase,» si presenta con un cenno del capo. «Sono il proprietario»

Il proprietario del Grandiose? Adesso si spiega il portafoglio costoso.

«Per favore, continuate la serata,» dice, mettendomi una mano sulla schiena. «Lei venga con me,» mi sussurra all'orecchio.

«Dove andiamo?» domando.

«Vedrà.»

«Non è una risposta.»

Asher ridacchia e io rabbrividisco. È il suono più accattivante che abbia mai sentito.

Mi guida verso un'altra parte dell'edificio, dove si trova il casinò. Sento odore di sigarette e alcolici, e le luci delle slot machine sono accecanti. I rumori della roulette e i fischi non si interrompono nemmeno per un secondo.

Passiamo davanti a uno dei tanti tavoli da poker e la gente saluta Asher con un cenno del capo. Lui risponde con un sorriso affascinante.

«Li conosce?» chiedo incuriosita.

«Sono alcuni dei miei clienti VIP,» spiega, come se non fosse importante. «Più l'esperienza è personale, più guadagno. Venga, da questa parte.»

Asher apre una porta e mi accompagna lungo un corridoio. La porta si chiude dietro di noi e i rumori del casinò cessano. È come se fossimo su un altro pianeta. Ci sono finestre enormi che si affacciano su stanze diverse e in ognuna di loro ci sono tantissimi schermi.

Alla fine entriamo in una piccola stanza in fondo al corridoio. È impolverata e ci sono scaffali ovunque. Tantissimi oggetti sono stati catalogati e conservati con cura. C'è di tutto. Borse, cellulari, cappotti...

«Che cos'è questo posto?» chiedo.

«Ufficio oggetti smarriti,» risponde. «La gente lascia di tutto qui, anche le fotocamere.»

Allunga un braccio per prendere qualcosa dallo scaffale e riesco a vedere il suo torace. C'è qualcosa nel modo in cui la camicia aderisce attorno alla vita che mi fa arrossire.

«Ecco,» dice, passandomi un cestino di plastica. «Prenda quello che vuole.»

Aggrotto la fronte. «Sul serio? Non appartengono a qualcun altro?»

«Non c'è problema, si fidi. Sono qui da mesi. La probabilità che ritornino a prendere questi oggetti è pari a zero.»

Guardo dentro. Alcune delle fotocamere sono incredibili, ci sono persino le custodie. C'è una Canon DSLR in particolare che attira la mia attenzione. È nuovissima e la desidero da tempo. La prendo e la osservo. Potrei fare delle foto magnifiche.

«Ne è sicuro?» chiedo, temendo che sia uno scherzo. «Quanto le devo?»

«Niente.»

«Devo pagarla. È troppo bella.»

«La consideri una ricompensa per il portafoglio.»

Mordicchio una guancia. La desidero davvero, ma mi sentirei in colpa. Non me la sono guadagnata.

La rimetto nel cestino. «Mi dispiace, non posso accettare.»

Asher mi fissa come se avessi due teste. «Ho detto che non ci sono problemi.»

«Lo so, ma non ne ho bisogno. Apprezzo il pensiero, però. Non mi sentirei a mio agio. Grazie comunque.»

Continua a fissarmi con espressione perplessa. «Ah... d'accordo,» dice. «Come preferisce.»

«Non volevo farle perdere tempo. Sarà molto impegnato.»

«Non è stata una perdita di tempo.»

«Allora, questo posto è suo, eh?»

Annuisce. «Sì, signora. Il *Grandiose* è la mia gioia. Era mai stata qui?»

«No, è la prima volta.»

«Le offro un tour.»

Sorrido e scuoto la testa. «È gentile, ma devo tornare dai miei clienti. Ho un lavoro da svolgere.»

«Non sapevo che fosse una fotografa.»

«Oh, lo faccio soltanto per guadagnare qualcosa in più. Lavoro soprattutto al rifugio. Quella è la *mia* più grande gioia.»

Mi rivolge un sorrisetto e i suoi occhi si illuminano. «Capisco,» sussurra.

Nessuno dei due si muove e mi osserva intensamente. Mi sento arrossire ma non riesco a distogliere lo sguardo. È come se mi stesse studiando e non so perché sembri così affascinato.

«Dovrei andare,» mormoro. «Grazie ancora, signor Chase.»

«Mi chiami Asher. Le auguro una buona giornata, signorina Shellbrook.»

«Lake va bene.»

«Lake,» ripete e c'è qualcosa di sexy nel modo in cui pronuncia il mio nome.

Dopo un po' trovo la forza di andare via e sento il suo sguardo su di me. Sono certa che sia la mia immaginazione. Non potrebbe mai essere interessato a una come me. Vuole solo essere gentile.

Non riesco a capire perché sento le farfalle allo stomaco, ma non c'è altra spiegazione logica.

Torno alla festa. La sposa mi paga il doppio di quello che mi deve e promette di lasciarmi una recensione e che mi consiglierà ai suoi amici.

Mentre torno a casa, guardo le luci della Strip. È quasi un sogno con il sole che tramonta in lontananza. Soltanto nel momento in cui arrivo a casa mi rendo conto che riesco ancora a sentire la mano di Asher contro la mia. Il ricordo del suo sguardo sul mio corpo mi tiene al caldo per tutta la notte.

Capitolo Cinque

Lake

«EHM, *SCUSA*?» MAEVE ESCLAMA. Il rifugio è chiuso e stiamo preparando Scooter. È stato difficile, ma almeno adesso è pulito. «Chi era quell'uomo delizioso e perché me l'hai tenuto nascosto?»

«Non te l'ho tenuto nascosto,» dico. «E, per favore, non usare mai più la parola "delizioso" per descrivere qualcuno.»

«Ma è la verità.»

«È *inquietante*,» la correggo. «È una persona, non un pezzo di carne.»

«Non sono d'accordo.» Si passa una mano tra i capelli. «Credo di averlo già visto. Come si chiama?»

«Asher Chase.»

Maeve spalanca la bocca. «*Quell'*Asher Chase?»

«Dovrebbe significare qualcosa?»

«La mia audizione l'altro giorno era al *Grandiose*, Lake. Potrebbe diventare il capo del mio capo.»

«Oh, non me ne ero resa conto.»

«Non riesco a credere a quanto tu sia fortunata.» Prende il cellulare e apre Instagram. Cerca Asher ma i risultati non sono molti. «Non usa i social, ma i suoi amici sì. Vedi? Qui è con King.»

«Non so chi sia.»

Maeve sospira. «King. La *rock star*.»

Mi stringo nelle spalle. «Ti credo sulla parola.»

«Oh, qui è a una festa con Jeff Cezos. E qui è su uno yacht. Oh, guarda la sua *auto*.»

«Dovremmo rimetterci al lavoro...»

«Deve essere ricco sfondato,» mormora. «Quanto hai detto che ha donato?»

«Diecimila dollari,» rispondo, ancora incredula per la sua generosità. «Di sicuro ci permetterà di gestire il rifugio, ma abbiamo ancora molti cani di cui occuparci.»

Maeve corruga la fronte. «Sul serio? Stai pensando a questo? Non a quanto sia bello quel ragazzo? Per non parlare della sua *voce*.»

«Devi calmarti, Maeve. Cominci a farmi paura.»

Solleva le mani. «D'accordo, d'accordo. Non capisco come tu non riesca a vedere quello che vedo anch'io.»

«Che cosa?»

«Che gli piaci.»

Sbuffo. «Sei davvero divertente,» mormoro.

«Scherzi? Quel ragazzo è venuto fin qui, ha chiesto il tuo nome, ti ha fatto una donazione generosa *e* ha adottato un cane. Non vedo come potrebbe essere più chiaro.»

«È soltanto gentile. Non può essere interessato a me.»

«Perché no? Sei fantastica.»

Prendo il suo cellulare e guardo bene le immagini che mi ha mostrato. «Non so se te ne sia accorta, ma un tipo come lui deve essere abituato a frequentare modelle, attrici o ereditiere.»

«E non so se *tu* te ne sia accorta, ma non c'è nemmeno una donna nelle sue foto. Magari quel genere di ragazza non fa per lui.»

Le passo il cellulare. Anche se odio ammetterlo, ha ragione. Forse è vero, non posso dare per scontato che tipo di donna gli piaccia. Comunque, sono troppo impegnata con il rifugio per divertirmi.

«Siamo soltanto... conoscenti,» dico, anche se non sembro per niente convinta.

Fuori sento un clacson suonare tre volte e mi accorgo che sono le sette. Asher è arrivato.

Maeve inarca le sopracciglia. «Faresti meglio ad andare, non vorrai far aspettare il tuo *conoscente.*»

Alzo gli occhi al cielo. «Perché sei fatta così?»

«Mi adori.»

«Purtroppo.»

«Domani voglio tutti i dettagli,» canticchia.

Guardo Scooter e sospiro. «Andiamo, piccolo.»

Scooter si affeziona subito ad Asher. Si è già abituato a camminare con il guinzaglio mentre Asher e io perlustriamo gli scaffali del negozio di animali. Todd, l'assistente personale di Asher, spinge il carrello. Sembra un bravo ragazzo ma è intimidito dal suo capo.

«Qual è il primo oggetto della lista?» mi chiede Asher.

«Avremo bisogno di cibo,» spiego. «Ci sono un paio di cose che dovresti sapere. Mai comprare la prima cosa che ti capita. Io evito tutto ciò che contenga farina, soia, olio vegetale o animale. In realtà sono soltanto additivi che le aziende aggiungono perché sono economici, ma non fanno bene ai cani.» Arriviamo allo scaffale del cibo. «Che taglia preferisci?»

«Non saprei. Che cosa mi consigli?» chieDe.

«Beh, io compro il materiale sfuso, ma è costoso.»

«Il prezzo non importa. Scegli una marca e prendila. Non ho budget.»

«Niente budget?» ripeto.

«Niente budget. Scegli tutto ciò che ti pare.»

Sento un tuffo al cuore. Non ricordo l'ultima volta in cui sono andata a fare acquisti senza preoccuparmi del prezzo.

«Dovrai comprare anche delle ricompense,» aggiungo. «S-cooter è un cane molto intelligente, ma utilizzare un rinforzo positivo lo aiuterà ad abituarsi a casa tua e alle aspettative che avrai nei suoi confronti. Non esagerare, però, potrebbe fargli male alla pancia. A me piace ricompensarli con pezzi di mela, carote o piselli. Sono molto più salutari.»

Guardo Asher e vedo che sembra un po'...

Sopraffatto.

«Come sai tutta questa roba?» domanda.

«Ho trascorso quasi tutta la mia vita tra gli animali. Inoltre ero a metà dei miei studi di veterinaria.»

Inclina la testa e mi osserva come aveva fatto al *Grandiose.* «Una veterinaria?»

«Che posso dire? Amo gli animali.»

«Hai detto che eri arrivata a metà.» Pone la domanda senza aspettarsi per forza una risposta e gliene sono grata.

Tuttavia, decido di rispondere perché penso che sia facile parlare con lui. «Mio padre si è ammalato e ho deciso di mollare e tornare a casa per prendermi cura di lui.»

«Mi dispiace,» sussurra con sincerità. «È...»

«Oh, sta bene. Si è ripreso del tutto. I miei genitori sono andati in pensione e stanno girando gli Stati Uniti in camper. Ogni tanto passano da qui per salutarmi.»

«Mi fa piacere. Posso chiederti perché non sei tornata al college?»

Mi stringo nelle spalle e lancio nel carrello qualche giocattolo per Scooter. «Ho preso il posto dei miei genitori quando hanno lasciato il rifugio. Se tornassi a scuola, non ci sarebbe nessuno a occuparsi degli animali.»

«Capisco,» dice Asher. Nel suo sguardo c'è una affettuosa che non avevo notato prima e mi rivolge un sorrisetto. Il modo in cui mi guarda mi fa sussultare il cuore.

Mi schiarisco la voce. «Ehm... che mi dici di te? Come si fa a entrare nel business dei casinò?»

«E degli hotel,» aggiunge.

Rido. «Oh, perdonami. Come si fa a entrare nel business dei casinò *e* degli hotel? Affari di famiglia?»

«Mi crederesti se ti dicessi che l'ho vinto a una mano fortunata a poker?»

Ci penso per un secondo. «Direi che stai bluffando.»

«Sembri piuttosto certa.»

«Non sembri il genere di persona che giocherebbe con una posta così alta.»

Asher mi sorride. «Beh, sei davvero intelligente.»

«Avevo ragione?»

«L'ho costruito dal basso,» dice con orgoglio. «Ci sono voluti anni ma il *Grandiose* è uno dei casinò più importanti della Strip. Tutti i miei amici vogliono che lo trasformi in un enorme Waffle House, ma io sono più furbo.»

Mi sfugge una risatina. «Sembra... terribile. Sono felice che tu non abbia dato loro ascolto.»

«Anch'io.»

«Hai sempre voluto possedere un casinò? È uno strano sogno per un ragazzino.»

«Volevo essere un pompiere,» dice mentre prende un giocattolo e lo esamina.

«Oh, cielo.»

«Che c'è?»

«Niente. Non riesco a smettere di immaginarti mentre scendi giù dal palo.»

Asher ridacchia. «Ci stai provando con me?»

Arrossisco. «Non lo so. Dipende.»

«Da?»

«Sta funzionando?»

Si avvicina. «Non credo che ci sia bisogno di chiedere.»

Todd grugnisce dietro di noi. «Prendetevi una stanza.»

Basta un'occhiata da parte di Asher e Todd si zittisce. All'improvviso mi sento in imbarazzo perché avevo dimenticato che fosse lì con noi. Adesso che il momento è stato rovinato, mi concentro sullo shopping.

«Andiamo,» dico con freddezza. «Dovremmo sistemare Scooter il prima possibile.»

Asher annuisce ma non dice niente.

Passiamo dalla cassa. Sono abituata a pagare tutto con i risparmi che racimolo nel tempo ed è sconvolgente vedere tutte le carte di credito di Asher. Finiamo di pagare e in un batter d'occhio ci ritroviamo nel parcheggio.

Una volta giunti all'auto, una delle Maserati più eleganti che abbia mai visto, Todd riempie il portabagagli. Scooter annusa il pavimento e cerca un punto per marcare il territorio.

«Dovrebbe essere tutto. Se hai domande, fammi sapere. Io, ehm... penso che tu abbia già il mio numero.»

«Cena,» dice all'improvviso.

«Come, scusa?»

«Vieni a cenare a casa mia.»

«Oh, ehm...» Sono troppo agitata per rispondere.

Mi sta chiedendo di uscire?

«Per Scooter,» aggiunge, mandando in frantumi le mie speranze. «Sono certo che apprezzerebbe un viso familiare nella nuova casa.»

Vorrei rifiutare, ma ha ragione. Penso che la mia presenza iniziale lo aiuterebbe ad abituarsi al nuovo ambiente.

Annuisco e sorrido. «Certo. Per Scooter.»

Asher ride. «Per Scooter.»

Capitolo Sei

Asher

Non per Scooter.

Non ho niente contro il cane, in realtà comincia a piacermi. Quando le ho chiesto di venire a cena da me volevo scoprire se era interessata. Di solito sono più diretto e mi sono preso a calci per non essere staro sincero, ma non so come comportarmi con Lake.

È diversa. Non si getta ai miei piedi e non mi ha ancora chiesto nessun favore. Usare Scooter come scusa è stata l'unica idea che mi è venuta in mente.

Sembra che quel cane diventerà la mia spalla.

Dopo essere arrivati al *Grandiose*, dico a Todd che può tornare a casa. So che mio nipote mi giudicherà in silenzio.

Lake e io prendiamo l'ascensore per la penthouse. Mary ci sta già aspettando davanti alla porta per prendere i cappotti.

«Signor Chase,» ci saluta. «Bentornato a casa.»

«Mary, lei è Lake,» dico. «Lake, lei è la mia governante, Mary.»

«Sono la *direttrice* della casa,» mi corregge prima di ammiccare a Lake. «Suona molto meglio.»

Lake ride e ricambia l'occhiolino. «Assolutamente sì.»

Mary si abbassa per permettere a Scooter di annusarla. «Ciao, piccolino. Spero che ti piacerà vivere qui. Se non farai i bisognini sul tappeto persiano, andremo d'accordo.»

Scooter abbaia come se lui e Mary avessero appena stretto un accordo.

Guardo Lake osservare l'appartamento. Non so dove viva ma, a giudicare dal rifugio, sono certo che non sia abituata a questo lusso.

«Tu *vivi* qui?» chiede, continuando a guardarsi intorno. «Deve davvero piacerti il tuo lavoro se dormi nello stesso luogo.»

So che è una domanda retorica ma non posso fare a meno di rispondere. «Voglio sempre essere pronto in caso di emergenza.»

«Non ti stanchi di lavorare sempre?»

Scuoto la testa. «Tu?»

«No. Amo il mio lavoro.»

Sorrido perché ha risposto per me. «Tu e Scooter vorreste fare un giro?»

Lake annuisce. «Sì, per favore.»

Le metto una mano sulla schiena e rabbrividisco quando me lo permette.

Da casa mia c'è una fantastica visuale di Las Vegas. Non mi stanco mai. Le luci dei lampioni e quelle del traffico sono più affascinanti delle stelle. Le mostro il salone, il piano bar e il cinema. Resta in silenzio per tutto il tempo e non posso fare a meno di notare che tiene le mani in tasca, come se temesse di rompere qualcosa.

«E questa è la stanza che penso che darò a Scooter,» le dico, mostrandole la camera che ha una dimensione perfetta per il piccolo cane.

«Wow, sono certa che la amerà.»

«Lo spero.»

Scooter entra e annusa, familiarizzando con l'ambiente. Poco dopo sale sul letto e si rannicchia su se stesso.

«Sì,» dice Lake con una risata. «Di sicuro gli piace.»

Devo ammettere che Scooter è davvero carino quando vuole.

«Allora... vivi qui da solo?»

Annuisco. «Sì, perché?»

Lake fa spallucce. «Non lo so. Non ti senti solo?»

Rifletto sulla sua domanda. La verità è che non ci penso molto. Dopo Natalia ho sempre vissuto da solo. Mi piace essere indipendente. Posso fare quello che preferisco ma, adesso che ci penso, c'è qualcosa di freddo in questo posto. Nonostante viva qui da anni, l'arredamento è quello tipico di un hotel. È bello ma privo di personalità.

Lake deglutisce. «Scusa. Ignorami, non dovrei ficcanasare.»

«Non mi dispiace,» rispondo.

Mi rivolge un sorriso dolce e mi si ferma il cuore. È bellissima e sotto la luce della strada sembra un angelo. È la donna più affascinante che abbia mai visto.

Poso lo sguardo sulle sue labbra e non riesco a distoglierlo. Mi chiedo che sapore abbiano e se siano morbide come sembrano. Il bisogno è forte ma è interrotto dall'arrivo di Mary.

«Signor Chase?» Mary mi chiama dal corridoio. «La cena è servita!»

Mi schiarisco la voce. «Da questa parte.»

«Okay,» balbetta e mi segue.

Non uso spesso il soggiorno. Quando i miei amici vengono qua stiamo soprattutto in salone a guardare il football sullo schermo al plasma. Il soggiorno è riservato alle occasioni speciali e sono certo che Lake sia un ospite speciale.

Uno dei pregi di possedere un casinò è che la cucina è sempre a mia disposizione. Devo soltanto fare una telefonata e gli chef preparano tutto ciò che desidero. Ho ordinato una cena da tre portate con antipasto di calamari, bistecca e un tiramisù per dessert. Scooter si unisce a noi e mi fissa nella speranza di ricevere qualcosa da mangiare.

Che bravo ragazzo.

«Ti piace?» le chiedo dopo un paio di bocconi. «Se ti va qualcos'altro posso chiedere allo chef di prepararlo.»

Scuote la testa. «No, è delizioso, grazie.»

C'è qualcosa di soddisfacente nel vederla mangiare perché assapora ogni forchettata e mi fa sentire felice. Con molta probabilità non è abituata a un pasto del genere.

«C'è qualcos'altro che devo sapere sul cane?»

Si mordicchia il labbro mentre riflette e non riesco a distogliere lo sguardo. Mi chiedo se lo faccia apposta. «La cosa più importante è avere pazienza. Scooter è un cane molto intelligente ma non riesce a mantenere l'attenzione per molto tempo. Mi piace portarlo a fare lunghe passeggiate, così la sera è troppo stanco. Se non funziona, puoi sempre farlo stancare con un paio di trucchetti.»

«Trucchetti?»

«Sai, il solito. Seduto, rotola, sdraiati. Gli stavo insegnando a fare il morto ma non riesce a stare fermo per tutto quel tempo.» Sorride. «Vuoi che te lo mostri?»

Il suo entusiasmo è contagioso e non riesco a dirle di no. «Certo,» rispondo.

Lake prende qualche pezzo di carota, si alza e si inginocchia accanto a Scooter. Io mi unisco a lei e la osservo.

«Scooter,» dice con decisione. Dopo muove il dito come se fosse una pistola ed esclama: «Bang!» Il cane la fissa senza muoversi. «Andiamo, Scooter,» sussurra con un sospiro. «Ci stai mettendo in imbarazzo.»

Ridacchio. «Forse ha bisogno di riscaldarsi?»

«Buona idea. Scooter? Seduto.»

Il cane obbedisce e Lake ride prima di dargli la ricompensa. Trascorriamo dieci minuti così e ci dimentichiamo della cena. Ci stiamo divertendo troppo e a Lake sfugge una risata adorabile quando Scooter finalmente fa il morto.

«Bravo, bello!» esulta, dandogli l'ultima ricompensa e accarezzandogli la pancia. «Vedi? Devi soltanto essere...» Smette di parlare quando i nostri sguardi si incrociano. Siamo davvero vicini e abbassa lo sguardo sulle mie labbra, arrossendo. «Paziente,» sussurra alla fine.

Cavolo, è bellissima.

Vorrei davvero baciarla ma non credo che sia il momento né il posto giusto.

«Lake?» pronuncio il suo nome.

«Sì?»

«Che cosa fai domani?» chiedo.

«Devo aprire il rifugio.»

«Pensi che la ragazza che lavori con te possa coprirti?»

Sul suo viso compare un'espressione divertita. «Dipende.»

«Da che cosa?»

«Da quello che hai in mente,» risponde.

Sorrido. «Voglio uscire con te, che ne pensi?»

Capitolo Sette

Lake

«Sì! Un milione di volte sì!» urla Maeve, saltellando. Il riparo è aperto da cinque minuti, ma non c'è nemmeno un ospite. «*Sapevo* che c'era qualcosa tra voi due.»

«Si tratta solamente di un appuntamento,» insisto.

Si acciglia. «Che potrebbe portare a un altro e a un altro ancora. Poi potresti ritrovarti all'altare a dire "lo voglio".»

«Non credi di correre troppo?»

«Per niente. Fidati, ho un sesto senso per certe cose.»

«Puoi badare al riparo al posto mio oppure no?» domando nel tentativo di mantenere la concentrazione.

«Certo che posso. Tu mi sostituisci sempre. Adesso posso finalmente ricambiare il favore. Che cosa farete? Ti porterà in un ristorante cinque stelle? Magari a ballare? Oh, forse andrete a vedere uno spettacolo?»

«Ne so quanto te.»

«Quando ti passerà a prendere?»

«Ehm... in realtà ci vedremo al *Grandiose* intorno alle cinque. Ha detto che avrebbe mandato il suo assistente personale a prendermi.»

Maeve va in estasi. «Un autista personale. Dio, sei così fortunata. Indosserai quello?»

Tiro le maniche della felpa verde. «Che cosa c'è che non va? Sono i vestiti migliori che ho.»

Maeve fa un respiro profondo e scuote il capo. «Andrai a un appuntamento con uno degli uomini più ricchi e influenti di Las Vegas. E ti presenterai in jeans e felpa?»

«Ma è comodo.»

«Ah, sei così innocente, come una bambina.»

«Non sono una bambina.»

«Hai ancora il tempo di tornare a casa a cambiarti?»

«Ascolta, Maeve, apprezzo l'aiuto, ma...»

Fuori sentiamo il clacson di un'auto. Deve essere Todd che è passato a prendermi.

Maeve mi abbraccia velocemente. «D'accordo. A quanto pare è troppo tardi. Va' e divertiti. Mi aspetto molti dettagli al tuo ritorno.»

«Ti aspetti *sempre* tanti dettagli.»

«Divertiti!» ripete.

Mi ritrovo al *Grandiose* per la terza volta in una settimana. È così elegante e alla moda da lasciarmi senza fiato. Todd mi porta in una stanza privata dell'hotel, mi offre una carta di credito e anche un cesto regalo con frutta, cioccolato costoso e una bottiglia di champagne.

Osservo la carta di credito. «E questa?»

«Un omaggio del signor Chase,» spiega. «Mi ha detto che potrai fare tutto quello che vorrai finché non passerà a prenderti. Sfortunatamente ha un impegno di lavoro, ma ha detto che puoi usare il centro benessere. È in fondo al corridoio.»

Mi gira la testa. Non ho mai vissuto in un lusso simile. «La stanza d'albergo è davvero necessaria?» domando. «Cioè, sono riconoscente, ma...»

«Il signor Chase ha detto che ha intenzione di tenerti qui fino a tardi.»

«Sembra... sfacciato.»

«Non sono qui per giudicare,» ribatte. «Per favore, mettiti comoda. In caso avessi domande, non esitare a chiedere. Mio zio passerà a prenderti quando sarà pronto.»

Inarco un sopracciglio. «Tuo zio? Asher è tuo zio?»

Todd fa una smorfia. «Ah, merda. Ehm, cioè... non dirgli che me lo sono lasciato sfuggire, va bene?»

Ridacchio. «Perché?»

«Non penso che voglia essere accusato di nepotismo. Diciamo che la mamma l'ha costretto a darmi questo lavoro.»

«Fidati, Asher non mi sembra per niente uno che farebbe questo genere di favori.»

Todd sorride. Sembra molto più giovane e simpatico quando non pensa solamente al lavoro. «È un tipo a posto,» commenta. «Lo zio Asher è solamente molto diverso quando è al lavoro.

Indico la stanza. «Di solito fa così quando prova a conquistare una donna?»

Todd fa spallucce. «Non saprei. Non si interessa a qualcuno da tanto. Ehm, non dirgli nemmeno questo.»

Sento una vampata di calore al petto. Quello che sta dicendo Todd è vero? Mi sento euforica e intontita. Non penso di poterla definire una stanza d'albergo. È il doppio del mio appartamento mediocre a Michael Way. Il letto sembra così comodo che sono tentata di lanciarmi tra le lenzuola, ma non lo faccio solamente perché ho paura che poi non vorrò più andarmene.

Ho un paio di ore prima di incontrare Asher, così decido di accettare l'offerta e andare al centro benessere. È così raro trovare un momento per coccolarmi, e ho la sensazione che Asher insisterebbe affinché lo facessi se fosse qui. Vuole rendermi felice e sapere che non si comporta spesso così mi fa sentire davvero unica.

Speciale.

Non ho mai vissuto un'esperienza simile. Il personale della spa sembra conoscermi nel momento in cui attraverso le porte automatiche. Si rivolgono a me chiamandomi *l'ospite del signor Chase* e poi mi accompagnano in una sala privata stupenda. Sembra un sogno, come se avessi attraversato un portale magico che mi ha teletrasportato in un giardino Zen di bambù. Una melodia delicata riecheggia in sottofondo, accompagnata dallo scorrere dell'acqua nelle fontane e dal profumo fresco che aleggia nell'aria. Non devo nemmeno chiedere cosa voglio perché il personale mi accompagna in un percorso completo che a quanto pare include manicure e pedicure, un massaggio facciale rilassante, una maschera con melograno, trucco e acconciatura. Mi sento una donna nuova quando finiscono.

Rinvigorita e in estasi.

Ritorno in camera e trovo Todd con una busta. Me la porge e dice: «Ho appena confermato un tavolo al ristorante del casinò nella VIP lounge. Dovrai indossare questo.»

Sbircio nella busta e noto uno degli abiti di seta più lussuosi che abbia mai visto. «Sei sicuro che abbia il permesso di indossarlo?» domando. «Sembra molto costoso.»

«Lo ha scelto personalmente il signor Chase. Ha detto che è un regalo.»

Di solito mi darebbe fastidio se un uomo scegliesse quello che dovrei indossare, ma è chiaro che Asher non stia cercando di essere meschino. È un abito davvero elegante. Forse non sarebbe così male lasciarmi viziare un po'.

«Grazie,» dico. «Lo indosserò.»

«Grandioso. Dovrei accompagnarti al ristorante. Fammi sapere quando sei pronta.»

Il ristorante è stupendo come tutto il resto al *Grandiose*. Inizio a capire perché ad Asher piaccia tanto questo posto. È tutto così curato, dalle pareti alle composizioni floreali fino ad arrivare all'argenteria. Entro con passo un po' incerto su quei tacchi, ma non mi sono mai sentita più sicura di così. Il modo in cui quest'abito aderisce sui fianchi e lascia scoperte le spalle mi fa sentire più alta e potente. È difficile non notare le teste che si girano per guardarmi come se fossi davvero al centro dell'attenzione.

«Da questa parte, signorina Shellbrook,» dice il maître, accompagnandomi verso un tavolo per due accanto alla finestra.

Da questa posizione vedo tutta la Strip e probabilmente è il tavolo migliore di tutto il ristorante. Trovo una bottiglia di vino rosso che mi attende, una candela al centro e una rosa in un vaso.

Non c'è traccia di Asher.

Mi acciglio ma provo a non essere infastidita. Sono sicura che sia impegnato. So che cosa significa gestire un'attività, quindi non oso immaginare quanto debba essere impegnativo avere un impero come il suo. Il lavoro di un capo non finisce mai. Eppure è difficile continuare a sorridere quando i secondi si trasformano in minuti e poi in mezz'ora. Il maître passa a controllarmi di continuo, portandomi sempre un cestino di pane. Ne mangio un po' nell'attesa, ma alla fine rifiuto perché non voglio riempirmi prima della cena.

Mezz'ora diventa un'ora

Mi agito, all'improvviso a disagio. La gente inizia a fissare e sussurrare. Posso solamente immaginare che cosa stiano dicendo. Forse pensano che mi abbiano dato buca e sono dispiaciuti per me. Mi sento in imbarazzo e percepisco il rossore che mi imporpora viso e petto. Non mi sento più a mio agio nemmeno con quel vestito che prima mi ha fatto sentire forte, sexy ed elegante.

Fisso la sedia vuota davanti a me e mi domando se sono un idiota. Mi sono illusa? Avrei dovuto aspettarmelo.

Non si presenterà.

Sento una fitta al petto. È stato tutto uno spreco di tempo? Di sicuro l'altra notte non avrei potuto immaginare di trovarmi in una situazione simile, dato che ero sicura che mi avrebbe baciato. Il suo sguardo mi ha fatto credere che fosse davvero interessato.

Il tempo continua a passare e lui non si presenta ancora.

Forse dovrei andarmene. Almeno ho trovato una casa a uno dei miei bambini e mi sono goduta una giornata alla spa. Eppure non posso evitare di essere delusa. Sto per alzarmi quando Asher arriva. Ha i capelli un po' spettinati, come se avesse corso fino a qui.

«Accetta le mie scuse,» dice subito. «Ho provato a fare il prima possibile. Abbiamo beccato un gruppo che barava al tavolo del blackjack. Non te ne stai andando, vero?»

Sembra davvero sincero e preoccupato. Tutte le insicurezze e la frustrazione scompaiono quando mi sorride. Non posso essere arrabbiata con lui.

«Mi stavo solamente sgranchendo le gambe,» dico. «Sono contenta che tu ce l'abbia fatta.»

«Certo. Non me lo sarei perso per niente al mondo. Ti prego, accomodati. Ordineremo subito. Sono certo che sarai affamata.»

Si posiziona dietro di me e porta indietro la sedia, come un vero gentiluomo. Alla fine mi rilasso quando mi versa un bicchiere di vino rosso e mi sento un'idiota per aver dubitato di lui. Perché avrebbe dovuto invitarmi a cena e poi darmi buca? Non sembra quel genere di uomo.

«Allora,» dico, bevendo un sorso di vino. È corposo e fruttato. «Che cosa hai organizzato per la serata?»

Asher fa un sorrisino. «Vedrai,» dice. «Ti senti fortunata questa sera?»

Ridacchio. «Che vuoi dire?»

«Ti porterò al casinò e giocheremo a un paio di tavoli.»

«Sembra divertente,» ribatto e gli faccio l'occhiolino. «Magari questa sera vincerai un bel premio.»

«Lo spero davvero,» commenta, alzando il calice per un brindisi. «Alla nuova famiglia di Scooter.»

Lo imito e faccio scontrare i bicchieri. «A Scooter.»

E a noi.

Capitolo Otto

Asher

Lake è magnifica. Ho dovuto indovinare la sua taglia, ma il vestito rosso che ho scelto le calza a pennello. Le mette in risalto le curve e il collo elegante. I capelli le ricadono sulla schiena in onde morbide e la pelle brilla sotto le luci del casinò.

È bellissima e sono davvero fiero di starle accanto.

È venerdì sera quindi il casinò è peno di gente. Tutte le slot machine sono occupate e i tavoli sono pieni. Il *Grandiose* non è mai stato così vivo. Gli ospiti stanno giocando e il mio staff si premura di soddisfare i loro bisogni.

Gli occhi di Lake luccicano e non si rende conto che tutto questo sfarzo le si addice.

«Hai mai giocato alla roulette?» le chiedo mentre ci avvicini-amo a un tavolo.

Scuote la testa. «Non ho mai giocato in vita mia.»

«Ma vivi a Las Vegas,» ribatto.

Sorride. «Aspetta, aspetta. Una volta ho comprato un gratta e vinci. Conta?»

Scoppio a ridere. «Sei davvero strana.»

Mi colpisce il fianco con il suo. «E ti piace che io lo sia.»

Mi piace tanto.

Estraggo alcune fiche dalla tasca e gliele passo. «Provaci.»

«Devo soltanto metterle giù?» domanda.

«Sì, mettile nel punto in cui pensi che finirà la pallina.»

«Ci sono strategie che dovrei conoscere?»

«No. Scommettere significa proprio questo. Tutto è possibile.»

«Ma non voglio perdere i tuoi soldi, Asher.»

Le sfioro la schiena e ridacchio. «Non preoccuparti, tesoro. I soldi non sono un problema. Divertiti e basta.»

Sussulta e rabbrividisce, rilassandosi contro il mio tocco. «Se lo dici tu,» mormora.

«Forse c'è qualche trucco,» sussurro.

Le viene la pelle d'oca. «Dimmeli.»

«Ci sono due colori, rosso e nero. Scommetterei su uno di quelli. La vincita non è altissima ma almeno hai il cinquanta per cento di probabilità di indovinare.»

«Vedi? Sapevo che c'era una strategia.» Ridacchia.

«Signore e signori, cominciate pure a scommettere,» dice il banco.

Lake mette la fiche sul nero e io ne prendo un'altra dalla tasca per appoggiarla sopra la sua. La roulette comincia a girare e guardiamo la pallina finché non si ferma.

«Nero 28,» dice il banco.

Lake sobbalza. «Oddio, abbiamo vinto!»

«Ti va di scommettere di nuovo?» le chiedo.

«Certo, ma questa volta decidi tu. Sei il mio portafortuna.»

«D'accordo, puntiamo sul...» Guardo il tavolo. So che non dovrei contare i numeri, ma sono il capo e si tratta di piccole cifre. Faccio un calcolo veloce e poi dico: «Sullo zero.»

La roulette comincia a girare di nuovo. «Vince lo zero!» esclama il banco.

Lake è così entusiasta che mi getta le braccia attorno al collo. Odora di frutta e la sua pelle è morbida come immaginavo. «Wow,» sussurra. «Capisco perché diventi una dipendenza.»

«Vuoi giocare di nuovo? O preferisci provare un altro gioco?»

I suoi occhi si illuminano. «Mi piacerebbe provarne un altro.»

«Andiamo, ti mostro il blackjack.»

Il resto della serata passa in un batter d'occhio. Vinciamo e perdiamo, ma per me è comunque una vittoria stare con Lake.

È dolce, divertente e mi piace passare il tempo con lei. È una boccata d'aria fresca e all'improvviso mi rendo conto che sono le due di notte. Ci dirigiamo al bar per prendere da bere quando sento una voce familiare che mi chiama.

«Figlio di puttana,» esclama King. «Guarda chi c'è.»

I miei amici, Jack, King, e Ace – giuro che non tutti i miei amici hanno i nomi delle figure sulle carte da poker – si avvicinano. King è una rock star ma sa come comportarsi in compagnia di altri. Jack, che possiede il casinò in fondo alla strada, è sempre stato un tipo silenzioso, e poi c'è Ace, che fa del suo meglio per tirare King fuori dai guai.

«Chi è la tua amica?» chiede Ace.

«Ragazzi, lei è Lake. Lake, loro sono i miei...»

«È davvero bella,» mi interrompe King. «Ti piace la musica rock, piccola?»

Lake si avvicina a me. «Ehm, non proprio. Mi dispiace.»

«Sta' indietro, King,» dice Jack con un sospiro. «La metti a disagio.»

«Non è vero. Non ti sto mettendo a disagio, vero, piccola?»

So che non fa sul serio, ma sentirlo chiamare Lake "piccola" mi infastidisce. Chiama così tutte le donne che conosce, ma Lake è diversa. Merita rispetto.

«Che cosa combini?» mi chiede Ace.

«Stiamo soltanto passando una serata fuori,» rispondo.

Jack fischia. «Una serata fuori, eh? Chi sei e che cosa ne hai fatto di Asher?»

Rido. «Molto divertente.»

«Sul serio,» interviene King. «Non ti vedevamo da tanto tempo. Sei sempre al lavoro. Almeno Jack sa quando prendersi un po' di tempo libero.»

«Forse non mi va di uscire con voi,» ribatto.

King spalanca la bocca. «Rimangiatelo subito.»

Lake scoppia a ridere. «Siete davvero divertenti. Capisco perché siate tutti amici.»

«Lake, giusto?» chiede Ace. «Ti piace ballare?»

«Amo ballare.»

«Ti andrebbe di andare in un nuovo club lungo la strada? C'è bella musica e un DJ di talento.» Mi schiarisco la voce e lancio un'occhiataccia ad Ace. «Ovviamente puoi anche portare il tuo accompagnatore,» aggiunge con un sorrisetto compiaciuto.

Lake mi guarda con quegli occhi sensuali. «Possiamo andare?» chiede con un sorriso.

«Certo, dolcezza. Possiamo fare quello che vuoi.»

King lo stronzo mormora qualcosa. «Dolcezza? Qualcuno si è preso una bella cotta.»

Lake per fortuna ignora il commento e mi sorride.

Non sono mai stato in uno di questi club. Soprattutto non in uno che non sia mio, perché non posso controllare la situazione. Almeno al *Grandiose* sono circondato da persone pronte a scattare a ogni mia richiesta. Non sono un capo ossessivo ma mi piace la sicurezza che provo quando posso fare quello che preferisco.

Superiamo una lunga fila perché Ace è uno degli uomini più conosciuti del Nevada. Può aprire tutte le porte. Ovviamente ci aiuta anche la notorietà di King, che si ferma persino a scattare qualche foto con i fan. Adora ricevere questo genere di attenzioni e Lake lo trova divertente.

All'interno la musica è assordante e devo urlare per farmi sentire dagli altri. Non è il posto adatto per conversare, ma a Lake non sembra dispiacere perché parla con il corpo e mi afferra la mano per trascinarmi sulla pista da ballo. È affollata e fa caldo, ma è l'opportunità perfetta per avvicinarmi a lei.

Si muove benissimo e il suo odore è fantastico. Il calore emanato dal suo corpo mi manda a fuoco. Si incastra alla perfezione tra le mie braccia, come se fosse sempre stata destinata a trovarmi. Sento l'adrenalina scorrermi nelle vene tutte le volte in cui i nostri sguardi si incrociano.

Non appena mi mette le braccia attorno al collo e spinge il petto contro il mio, mi rendo conto di quanto la desideri. In fondo lo sapevo già ma adesso è innegabile. La voglio con tutto me stesso e credo che mi abbia letto nel pensiero perché solleva il mento quando le luci laser impazziscono e io ne approfitto per baciarla.

Le nostre labbra si incontrano come due calamite che non riescono a resistere all'attrazione. Ha un sapore buonissimo, dolce e caldo. Premo la lingua contro le sue labbra, che si schiudono per farmi entrare. Le passo le dita tra i capelli e lei mi afferra il colletto della camicia.

Sento il desiderio aumentare e diventare sempre più fuori controllo. Sono a malapena consapevole dei miei amici che ci osservano da lontano, ma non mi interessa. Al momento tutto quello che conta è la sensazione delle dita di Lake sul mio collo, delle unghie che mi graffiano leggermente e dei gemiti che emette.

Ci allontaniamo troppo presto e sento subito la mancanza delle sue labbra.

«Ti va di andare via?» urla sopra la musica.

Non mi preoccupo nemmeno di salutare i miei amici, le stringo la mano e la porto fuori. Sono piuttosto certo che King abbia avuto il coraggio di fare un fischio, ma al momento è l'ultimo dei miei pensieri.

Fermo un taxi nell'istante in cui mettiamo piede fuori e Lake si aggrappa a me per cercare riparo dall'aria fresca del Nevada.

Capitolo Dodici

Asher

Nell'ultima settimana ci sono stati soltanto problemi. Non appena riesco a risolverne uno, ne compare un altro. Clienti insoddisfatti, una sala conferenze prenotata per due incontri diversi, sette dipendenti che richiedono le ferie nello stesso momento. La mia lista di cose da fare è interminabile.

È la prima volta che posso fermarmi a respirare, anche se temo che accada qualcosa da un momento all'altro. È stancante. Non so come sia riuscito ad arrivare fin qui. Sono sul divano e osservo uno dei lampadari del salone.

Scooter è rannicchiato su di me. Gli ho detto tante volte che non può salire sui mobili, ma sembra che io sia diventato il suo cuscino preferito e, *tecnicamente*, non è sul divano, quindi non posso arrabbiarmi. Gli gratto un orecchio e noto che il pelo comincia a essere ispido.

«Penso che sia arrivato il momento per un altro bagno, Scoot. Cominci a puzzare.» Scende subito e si nasconde nella sua stanza. Mi alzo e lo seguo. «Andiamo, bello. Non fare il bambino.» Si nasconde sotto il letto perché sa che non lo raggiungerò mai. Mi abbasso e sollevo le coperte, trovando i suoi occhi che mi fissano. «Facevi sempre il difficile con Lake?»

Abbaia e lo prendo come un no.

Sospiro e mi siedo sul pavimento, tirando fuori il cellulare dalla tasca. Lake non mi ha chiamato dopo il nostro appuntamento. Almeno è quello che credo, perché soltanto in quel momento mi rendo conto di *avere* un messaggio da parte sua. È breve ed è stato travolto da tutti gli altri riguardanti il lavoro. L'ha inviato quasi una settimana fa e mi prendo mentalmente a calci.

Dove sei?

Guardo la data e l'ora. Deve averlo inviato dopo essersi svegliata senza di me e io non le ho risposto. Ora che ci penso, Todd non mi ha mai confermato di averle lasciato quel messaggio da parte mia e non posso nemmeno biasimarlo, perché siamo stati sommersi dai problemi.

Sento una fitta allo stomaco.

Probabilmente pensa che l'abbia ignorata di proposito.

«Merda.»

Devo rimediare subito, così la chiamo, sperando che risponda. Non lo fa e ci riprovo. Di sicuro si trova al rifugio e sta lavorando.

Alla fine risponde, però.

«Pronto?»

«Lake, ciao.»

«Oh, ehm... ciao.» Sembra nervosa. «Come stai?»

«Sono stato meglio. Il lavoro è stato stressante.»

«Ti capisco, anche io ho avuto molto da fare.»

«Che succede?»

«Stiamo organizzando un evento per le adozioni. Sta andando bene ma devo prepararmi per l'arrivo di parecchi cuccioli. Ieri hanno chiuso un canile e accoglieremo la maggior parte dei cani.»

«Sembra che tu abbia le mani piene.»

«Già.»

«Vuoi... preferisci che ci sentiamo dopo?»

«No!» risponde subito. «Posso prendermi una pausa. Che succede?»

«Volevo scusarmi. Ho chiesto a Todd di inviarti un messaggio per dirti di chiamarmi ma credo che lo abbia dimenticato.»

«*Oh*,» sussurra, come se fosse un sollievo. «Capisco.»

«Avrei dovuto telefonarti prima.»

«Non fa niente.»

«Sei libera questa sera? Mi piacerebbe portarti fuori a cena.»

«Questa sera? Ehm...» Sento qualcuno parlare in lontananza, sembra che ci sia qualche cliente al rifugio. «Sì, mi sembra perfetto. Passi a prendermi alle sette?»

Il cuore smette di battere. «Perfetto, alle sette va bene. Penso io a prenotare da qualche parte,» aggiungo.

«D'accordo. Abbraccia Scooter da parte mia,» sussurra.

«Certo.»

Non ricordo l'ultima volta in cui mi sono sentito così felice di vedere qualcuno. È come essere tornato bambino e quella parte spensierata della mia personalità è tornata a galla dopo averla sepolta per tanto tempo.

Con Natalia non mi sentivo così. Lei era gentile e sempre presente, ma non c'è mai stata la scintilla. Il pensiero di rivedere Lake mi eccita, come se mi stessi preparando per una pioggia di meteoriti.

Scooter mi segue nella cabina armadio mentre cerco qualcosa da mettere. Scelgo un completo e lui abbaia. Inarco le sopracciglia. «Questo non ti piace?» chiedo e abbaia di nuovo. Passo al prossimo completo e continua ad abbaiare. «Che c'è? Sei diventato un esperto di moda?» Ringhia. «Sei impossibile, lo sai?»

Alla fine scelgo un paio di pantaloni neri e una camicia bianca. Sollevo le maniche per sembrare più casual e lo interpreto come un buon segno quando Scooter non abbaia. Mi segue verso la porta e gli gratto l'orecchio prima di prendere le chiavi, il portafoglio e uscire.

«Fa' il bravo,» gli dico. «Mary sarà qui tra mezz'ora per tenerti compagnia. Magari dopo faremo una passeggiata, okay?»

Sto per andare in corridoio quando Todd mi si ferma davanti con aria esasperata.

«Che succede?» gli chiedo.

«Zio Asher, credo di aver fatto un casino. Penso di...»

Gli do una pacca sulla spalla. «Calmati e dimmi che cos'è successo.»

«Per sbaglio ti ho organizzato due incontri nello stesso momento. Larry del reparto contabilità e Michael della sicurezza vogliono parlarti. Aspettano nel tuo ufficio da un quarto d'ora, ma ho dimenticato che questa sera hai un impegno. Giuro che deve esserci stato un problema con il mio calendario perché hanno tutti e due un appuntamento con te e cominciano ad arrabbiarsi e...»

«Fa' un respiro profondo,» gli ordino. «Di' loro che ho avuto un contrattempo e prendi un altro appuntamento. Sono certo che non si arrabbieranno. Se lo fanno, ricorda loro che sono il capo.»

«Ci ho già provato, ma Larry dice di aver trovato qualcosa di preoccupante nei conti dello scorso mese. Pensa che uno dei nostri dipendenti ci stia derubando. E Michael dice che potrebbe esserci una falla nella sicurezza. Le informazioni di alcuni clienti sono state rivelate ai media e tra non molto esploderà una bomba.»

Sono brutte notizie. A quanto sembra le cose non andavano bene come pensavo. Sono due comportamenti inaccettabili e devo occuparmene subito.

Controllo l'orologio.

Dovrei incontrare Lake tra venti minuti.

Non so che fare. Non voglio arrivare in ritardo al nostro appuntamento, soprattutto dopo il modo in cui mi sono comportato. Penserà che voglia darle buca e non è vero. Tuttavia, non posso permettere che il *Grandiose* crolli in questo modo. Devo sistemare la situazione. Forse uno dei miei impiegati mi sta derubando ed è un crimine che non va preso alla leggera.

Dannazione.

«Ho bisogno che passi a prendere Lake al rifugio,» dico a Todd. «Dille che sono stato costretto a partecipare a una riunione importante ma che la raggiungerò subito dopo aver finito. Assicurati che abbia tutto quello di cui ha bisogno. Trattamento VIP. Capito?»

«Capito,» risponde con un cenno del capo e va via.

Sospiro e mi dirigo nella direzione opposta, verso il casinò. Spero di risolvere presto e di non far aspettare troppo Lake.

Capitolo Quindici

Lake

Ci scambiamo messaggi e Asher mi invia foto di Scooter ogni giorno. Lo porta con sé ovunque vada, persino al lavoro. Non vedo l'ora che arrivi la foto di oggi. Ha regalato a Scooter una maglia per cani con il logo del *Grandiose* sopra ed è adorabile. Le mie foto preferite sono quelle che li ritraggono insieme, perché sono entrambi bellissimi ma in modo diverso.

Asher e io non siamo riusciti a vederci perché il lavoro mi ha trattenuto al rifugio e lui è impegnato con il casinò. Apprezzo che trovi il tempo di scrivermi. I suoi messaggi sono la parte migliore della mia giornata. Sono tutti quanti dolci e innocenti.

Ti sto pensando, dice, inviandomi una foto di Scooter con un papillon.

Non importa quanto siano difficili le giornate, riesce sempre a farmi sorridere.

Oggi è un giorno speciale. Elvis, uno dei cani più adulti, finalmente sarà adottato. Una coppia di anziani è venuta qualche giorno fa perché cercava un cucciolo, ma si sono subito innamorati di Elvis. Non hanno avuto bisogno di convincermi. Ero pronta a fare il mio solito discorsetto per dire loro che i miei cuccioli sono tutti impegnativi ma non è stato necessario.

Elvis e la coppia di signori sono sulla stessa lunghezza d'onda. Si tratta di una coppia in pensione, quindi passeranno molto tempo a casa con lui. Fanno spesso passeggiate brevi e saranno perfetti per Elvis.

Passano a prenderlo intorno a mezzogiorno e consegno loro tutti i documenti e quello di cui hanno bisogno. Elvis non smette di scodinzolare e mi lecca le dita.

«Fa' il bravo,» gli ricordo. «Si prenderanno cura di te.»

«Grazie, Lake,» dice l'uomo. «Siamo felici di portarlo a casa.»

«Andiamo, Elvis,» esclama la signora. «Spero che ti piacerà il letto che abbiamo comprato per te.»

Ci salutiamo e sono un po' triste ma allo stesso tempo felice per Elvis, che ha trovato una casa. Vado a controllare gli altri cani. La stanza dei giochi è piena di cuccioli che corrono, giocano o dormono.

Gaga è in un angolo con un'espressione triste.

Mi siedo accanto a lei e appoggia il muso sul mio grembo mentre le accarezzo la testolina. Capisco perché sia così nervosa. Il suo spazio è stato invaso dai nuovi arrivati e il suo migliore amico è andato via. La sua solitudine è contagiosa. Ho pensato spesso di chiedere ad Asher se fosse disposto a organizzare un appuntamento tra Gaga e Scooter, ma poi ho pensato a quanto sia rumoroso il *Grandiose*. Non è il posto adatto per lei.

Il mio cellulare vibra proprio in quel momento. Asher mi ha inviato una foto e sorrido quando la vedo. Scooter è seduto su un bancone accanto a una fila di flûte vuoti. Io rispondo con un selfie rannicchiata accanto a Gaga e gli scrivo: *Elvis è stato adottato oggi! Siamo rimaste soltanto noi ragazze.*

Mi chiama subito dopo e non esito a rispondere.

«Ehi, tu,» mormoro.

«Ehi, che bella notizia. Sono felice per Elvis.»

«Già, credo che lo sarà anche lui.»

«Non sembri felice come pensavo.»

Mi schiarisco la voce. «No, sono soltanto stanca.»

«Per favore, prenderti cura di te stessa.»

Sorrido perché Asher si preoccupa sempre per me. «Potrei dirti lo stesso, ma tu hai Scooter che è in grado di prepararti un buon drink.»

«Credo che passerò. Tende a infilare le zampe nel ghiaccio,» scherza e dopo un po' chiede: «Sei libera questa sera? Potremmo prenderci una pausa.»

Passare una serata fuori dal rifugio con Asher sarebbe fantastico, ma ho troppo di cui occuparmi.

«Vorrei davvero dire di sì,» sussurro.

«Allora fallo.»

Rido. «Ma devo lavorare,» aggiungo.

Asher ridacchia. «Capisco, allora un'altra volta.»

Mi sento in colpa. «Voglio davvero vederti.»

«Lo so, anch'io.»

«Mi... mi manchi.»

Percepisco il sorriso nella sua voce. «Anche tu mi manchi.»

Appoggio la testa alla parete e sospiro. «Potresti chiedere ai tuoi amici se vogliono adottare un cane?»

Schiocca la lingua. «King passa metà dell'anno in giro per il mondo in tour, quindi non sarebbe il candidato ideale. Ace è... beh, sono certo che abbia una pantera, quindi la sua casa non sarebbe adatta a un cane. E Jack... Jack odia gli animali.»

Sussulto. «Oh, bello... pensavo che sarei andata d'accordo con i tuoi amici.»

«Ti assicuro che sono bravi ragazzi.»

«Oh, ne sono certa. Sono soltanto un po' eccentrici.»

«Sì, te lo concedo. Sono molto bizzarri.»

«Invece tu sei del tutto ordinario,» lo prendo in giro.

«Che cosa vorresti dire?» domanda con una risata.

«Vivi in un palazzo fatto di oro. Non è eccentrico?»

«Per essere precisi, è oro *finto.*»

«A me sembra vero...» Non termino la frase perché vedo uno dei cuccioli che sta per vomitare. A volte i loro pancini impiegano un po' ad abituarsi al nuovo cibo, quindi non devo preoccuparmi, ma non posso nemmeno ignorarlo. «Asher, mi dispiace ma devo andare. Ho un contrattempo.»

«Nessun problema, anche io dovrei tornare. Mi nascondo da Todd da tutta la mattina.»

Scoppio a ridere. «Povero ragazzo. Spero che almeno lo paghi bene.»

«Fidati, il suo salario rispecchia lo sforzo che impiega.»

«Posso chiamarti dopo?»

«Certo, ci sentiamo più tardi.»

«Ciao,» dico.

Mi piaci davvero, sussurra il cuore.

Capitolo Sedici

Asher

OGNI TANTO JACK E io giochiamo a tennis insieme nel campo privato del suo hotel casinò. Lavoriamo entrambi molto e queste partite amichevoli sono un modo per passare un po' di tempo insieme. Parliamo di tutto. Soprattutto di affari e a volte dei nostri amici.

Scooter è il nostro raccattapalle della giornata. Si distrae un po' troppo, ma ci aiuta comunque e in questo modo posso tenerlo d'occhio.

Jack vince un'altra partita. Purtroppo non è un vincitore modesto.

«Hai bisogno di un po' di ghiaccio per quella bruciatura? Perché ti ho mandato a fuoco con i miei lanci,» chiede con un sorrisetto.

Sbuffo. «Dove siamo? Al liceo?»

«Che cosa?»

«Era una battuta idiota e lo sappiamo entrambi.»

Ridacchia. «Ehi, amico, magari vinci una partita prima di criticare le mie battute.»

«Sì, sì, come vuoi.»

«Che ti prende? Di solito sei bravissimo.»

«Ho soltanto tanti pensieri.»

Jack lancia la pallina, che mi passa accanto come un lampo. Dopo mi rivolge un sorriso dispiaciuto. «Amico, comincio a sentirmi in colpa. Facciamo una pausa, d'accordo?»

Non esito ad accettare. Riesco a sopportare Jack soltanto per un periodo limitato di tempo.

Ci fermiamo accanto a una panchina e Scooter è seduto sotto. Jack mi lancia una bottiglietta d'acqua e ne apre una per lui.

«Hai sentito che Ace è di nuovo in Francia?» mi chiede. «Si dice che frequenti una modella francese e un'attrice svizzera allo stesso tempo.»

«Non mi sorprende. Si fa vedere con una donna diversa ogni settimana.»

«A proposito di donne, dov'è finito quel bocconcino che era con te l'altro giorno? Lake, giusto?»

«Non chiamarla " bocconcino". Ti fa sembrare inquietante.»

Sorride e solleva le mani in segno di resa. «Oh, che permaloso. Me lo rimangio.»

«Grazie.»

«Le cose tra di voi sono serie?»

«Non ne sono certo.»

Inarca un sopracciglio. «Come fai a non esserlo?»

«Non la vedo da qualche tempo. Siamo entrambi molto impegnati.»

«Ci tieni a lei?» chiede, facendo rimbalzare la pallina. Scooter se ne accorge e si prepara a prenderla.

«Beh, sì,» rispondo.

«Allora trova il tempo per lei.»

«La fai sembrare facile.»

«Perché lo è.» Mi sfiora il braccio con la racchetta. «Da quando ti arrendi così facilmente?»

«Non l'ho fatto.»

«Davvero? Ci tieni a lei ma non trovi il tempo per vederla?»

«Non sono preoccupato per il mio tempo, ma per il suo. Tuttavia, non voglio essere lo stronzo che le chiede di mollare tutto per stare con me. Sarebbe da coglioni.»

«Allora rendile la vita più facile. Stalle accanto, aiutala. Trova un modo per conquistarla.» Mi guarda dritto negli occhi. «Si vede che si preso da lei. Faresti di tutto, no?»

Ci penso per un secondo e mi rendo conto che ha ragione. Se Lake mi chiamasse adesso nel bel mezzo di un'emergenza, correrei da lei, come ha fatto quando Scooter è stato male. Lo farei anch'io per lei e non perché mi sentirei obbligato, ma perché *vorrei* farlo. L'unica cosa che mi ha impedito di vederla è il mio lavoro al casinò. Eppure, più ci penso, più mi sembra che non ne valga la pena.

Non ha senso guadagnare così tanto se non si ha nessuno con cui condividere i propri traguardi. Devo trovare il tempo per stare con Lake, altrimenti non potrò viziarla come vorrei.

«Hai ragione,» dico.

«Lo so.»

«Quando sei diventato così intelligente?»

«Molto divertente, stronzo,» borbotta.

«Ti dispiace se rimandiamo la partita? Devo fare una cosa importante.»

«Certo, non è divertente giocare con te in questo momento. Che cos'hai in mente?»

«Vedrai,» dico mentre prendo il cellulare. «Sai se King è ancora in città?»

«Sì, è al Four Seasons, credo.»

«Il Four Seasons?»

Jack si stinge nelle spalle. «Non voleva alloggiare nei nostri hotel per essere "imparziale".»

«Che premuroso da parte sua.»

«Perché? Che vuoi fare?»

Ammicco. «La voglio aiutare.»

Anche se è ancora pomeriggio, sembra che King si sia appena svegliato quando risponde al telefono. «Che cavolo...»

«King, ho bisogno di un favore.»

«Perché urli, bello?»

«Non sto urlando. Sono i sintomi della sbornia.»

Grugnisce. «Hai ragione. Che posso fare per te?»

Sogghigno e rispondo alla sua domanda.

Lake lo adorerà.

Capitolo Diciassette

Lake

Siamo ufficialmente troppo pieni e non va bene. Riesco a sistemare i cani più piccoli, ma quelli più grandi o aggressivi occupano la maggior parte dello spazio e lo stiamo esaurendo in fretta.

Inoltre, ho appena ricevuto una chiamata dal controllo animali che mi ha detto che vuole portarmi altri venti cani che sono stati salvati non lontano da qui. Le povere creature sono malnutrite e hanno bisogno di attenzioni. Anche se vorrei aiutarli, temo che violerei il codice dei rifugi per animali se lo facessi.

Maeve finisce di parlare al telefono e scuote la testa. «Ho chiamato il rifugio lungo la strada e alcuni amici fuori dal Nevada.»

Serro la mascella. «Non hai avuto fortuna?»

«No, mi dispiace. Alcuni di loro hanno spazio, ma il controllo animali non possiede il denaro necessario per trasferire i cani. Se non troveremo una sistemazione temporanea, dovranno abbatterli.»

Mi viene la pelle d'oca, ma provo a non pensarci. Secondo me è una scelta estrema. C'è sempre una soluzione, ma non ho il tempo né le risorse per trovare loro una casa. Almeno non subito. Non so che cosa fare.

«Puoi dire al controllo animali che ho bisogno di un altro po' di tempo? Soltanto fino a questa sera,» chiedo. «Io... troverò una soluzione...»

In passato ho già pensato di portare qualche cane a casa con me, ma nel mio appartamento non sono ammessi animali. Potrei farli entrare di nascosto, ma è un rischio che non posso permettermi. Se il padrone di casa mi scoprisse, mi invierebbe lo sfratto. Inoltre il mio appartamento è minuscolo e non avrei abbastanza spazio.

«Pubblicherò un post sui social,» dico. «Magari qualcuno può aiutarci in questa situazione di emergenza. Abbiamo bisogno di spazio soltanto per venti cani, giusto? Forse possiamo metterli insieme. Così dovremmo trovare dieci case.»

Maeve sussulta. «Non ci sono molte persone disposte ad accogliere due cani senza preavviso, Lake.»

«Dobbiamo provare.»

«Va tutto bene?» chiede una voce dietro di me.

Mi volto e vedo Asher alla porta. Mi coglie alla sprovvista. «Ciao. Che cosa ci fai qui?» chiedo senza fiato.

«Ho provato a chiamarti, ma non hai risposto.»

«Mi dispiace, la situazione sta perdendo il controllo.»

«Lo so, ecco perché sono qui. Per dare una mano.»

Inclino la testa. «Che vuoi dire?»

«Beh, mi hai detto che questo posto cominciava a diventare un po' affollato,» risponde. «E mi hai chiesto se i miei amici volessero adottare un cane.»

Sento un tuffo al cuore. «I tuoi amici vogliono adottare?»

«Non i miei amici più intimi,» dice subito. «Ma ho qualche contatto di lavoro qui a Las Vegas. Ho chiesto a Todd di fare un paio di chiamate. Penso che ci sia qualcuno interessato a Los Angeles e a Seattle.»

Incurvo le spalle. «Ti ringrazio, Asher, ma temo di non avere i mezzi per far arrivare i cani fin lì. Sarebbe un tragitto in auto molto lungo e il rifugio non ha abbastanza fondi per pagare.»

«Lo so,» continua, rivolgendomi un sorriso a trentadue denti. «Se soltanto conoscessi qualcuno che possa prendere in prestito il jet privato dell'amico rock star...»

Spalanco la bocca. «Dici... dici sul serio?»

«Ti sembro il tipo che scherza?»

«A volte.»

«Soltanto con te.»

Maeve fa i salti di gioia. «Ragazzi, siete adorabili.»

La ignoro, perché sono troppo felice per provare imbarazzo. «Dici sul serio, Asher?»

«L'aereo sta aspettando, ma non so come si preparino i cani per viaggiare su un jet. Tu conosci qualcuno che possa aiutarmi?»

Gli sorrido e mi sento molto più leggera. «Posso offrirmi volontaria.»

«Fantastico, portiamo questi cuccioli nelle loro nuove case,» dice.

Mi sembra tutto un sogno. Volare con i cani non è semplice, ma di sicuro sarebbe stato più complesso viaggiare in auto. Si impiega più tempo, bisogna fermarsi per i bisognini e molti cani non riescono a stare in un luogo ristretto per tanto tempo.

Viaggiare in aereo è del tutto diverso. Impieghiamo qualche ora ad arrivare a Los Angeles e poi andiamo a Seattle. Gli atterraggi vanno lisci come l'olio e siamo già a terra quando finisce l'effetto dei sedativi che ho dato ai cani.

Molti proprietari di rifugi e le famiglie che li ospiteranno ci incontrano in aeroporto. Mi viene da piangere quando vedo tanti di questi animali trovare qualcuno disposto ad amarli. Ne sono davvero grata. A fine giornata Asher e io accompagniamo quasi tutti i cani allo Shellbrook Animal Shelter.

Asher mi stringe la mano quando salutiamo le ultime famiglie e io ricambio il gesto.

«Grazie. Tutto questo è incredibile. Non era necessario che lo facessi per me,» dico.

«Hai ragione, non era necessario, ma *volevo* farlo. Sono felice di averti aiutato.»

«Mi sei sempre di aiuto.»

«Volevo dimostrarti che ci tengo a te. So che forse ti ho dato l'impressione che il lavoro sia più importante, ma non è così. Quello che conta per me sei tu.»

«Davvero?»

«Sì, hai portato tanto nella mia vita. Mi hai aperto gli occhi. Prima di conoscerti non pensavo di essere il tipo da cani. Scooter è fantastico e credo che mi abbia ricordato che nella vita non ci sia soltanto il casinò.»

Scuoto la testa. «Ma capisco anche che il lavoro sia importante per te. Mi dispiace di essere stata distante. Penso di aver innalzato le barriere perché non so come adattarmi al tuo mondo.»

«Fidati, ti adatti benissimo. Preferisco stare con qualcuno che ha fatto la differenza. Quello di cui ti occupi è magnifico. *Tu lo sei.*»

«Potrei dire lo stesso di te.»

«Come mai?»

«Hai raggiunto molti traguardi. Hai dato lavoro a centinaia di persone e gli affari ti vanno alla grande. Anche tu sei magnifico.»

«D'accordo, suppongo che non siamo male, eh?»

Mi sollevo in punta di piedi e gli do un bacio, gettandogli le braccia al collo per stringerlo forte. Lui ricambia cingendomi la vita e mi sento a casa. Asher è fantastico, è il pezzo del puzzle mancante che ho trascurato per troppo tempo. Adesso che l'ho trovato mi sento completa.

«Adesso, se ti chiedessi se sei libera questa sera – e non voglio farti pressioni – mi diresti di sì?»

Fingo di pensarci. «Beh, suppongo di non aver nient'altro da fare. Temo soltanto che il mio accompagnatore mi abbandoni di nuovo per una riunione importante.»

Asher corruga la fronte. «Giuro che non l'ho fatto apposta.»

«Ti prendevo in giro.»

«Oh. Bene.»

Lo bacio di nuovo, lentamente e con dolcezza. «Sono libera. Potremmo cenare insieme. A che cosa pensavi?»

«Sei mai stata in Canada? Potremmo volare fino a Vancouver e andare da *beaver tails*. Anche se è più da dessert. Oppure potremmo sorvolare il Pacifico e andare a mangiare il sushi in Giappone.»

Scoppio a ridere. «Anche se mi piacerebbe, non ho il passaporto con me.»

«Ah, vero.»

«Sai cosa? Scegli tu, sono certa che mi piacerà qualunque cosa ami tu.»

«In questo caso,» dice, baciandomi di nuovo, «io amo *te*.»

Sento un tuffo al cuore e arrossisco. Non riesco a smettere di sorridere. «Anch'io ti amo,» rispondo prima che mi baci di nuovo.

Quando ci allontaniamo, sussurra: «Voglio portarti a casa.»

«Okay,» accetto senza esitare.

Capitolo Diciotto

Asher

La raccolta fondi sta andando bene. Chi poteva immaginare che la combinazione tra un enorme jackpot e la consapevolezza che si stava facendo del bene per i rifugi di animali della città potesse attirare tutta questa folla?

È passato qualche mese da quando i notiziari del posto hanno scoperto la nostra piccola missione di salvataggio. La storia ha fatto il giro della nazione e mi piace vedere il nome del rifugio Shellbrook su tutti i giornali, su internet e anche in televisione. Il rifugio di Lake adesso è diventato famoso e ogni mese arrivano centinaia di famiglie che vogliono adottare un cane.

La nostra missione ha giovato anche al *Grandiose*. Quando si è venuto a sapere quello che abbiamo fatto – e sospetto che dietro ci sia lo zampino di Todd – e che il proprietario di uno degli hotel casinò più lussuosi della Strip ha trasferito tutti quei cani con un jet privato, i clienti hanno cominciato ad aumentare perché volevano sostenere un'attività con un senso di comunità tanto forte.

Ovviamente sono aspetti positivi che passano in secondo piano. Non l'ho fatto per questo, ma è comunque bello.

La vera ricompensa è avere Lake al mio fianco e i nostri cani accanto a noi.

Grazie a tanta riabilitazione e addestramento, Gaga sta meglio. Non si sentiva a suo agio con le famiglie che avrebbero voluto adottarla, era sempre nervosa quando le presentavamo qualcuno. Dato che Lake non è riuscita a trovarle una casa, alla fine ha deciso di adottarla. Un compromesso perfetto. Adesso che si è trasferita ufficialmente nella mia penthouse, ha lo spazio che desidera per adottare tutti i cani che preferisce, ma per adesso abbiamo deciso di fermarci a due.

Scooter e Gaga sono terribili, ma li amiamo.

Poiché sono il proprietario del *Grandiose* e l'organizzatore del torneo di poker, sono costretto a incontrare tutti i nostri scommettitori e a chiacchierare con gli ospiti più importanti, ma mi assicuro sempre di includere Lake nelle conversazioni. In questo momento le cingo la vita e la mostro a tutti, anche se lei è più brava di me ad affascinare gli invitati.

Indossa un vestito nero con una scollatura modesta e uno spacco lunghissimo. Ha pettinato i capelli in onde morbide e ha messo la collana di perle che le ho regalato quando abbiamo festeggiato il nostro sesto mese come coppia. Le porta dappertutto con fierezza. È bellissima ed elegante. Cammina con sicurezza e sembra del tutto a suo agio in questo mondo sfarzoso.

«Arrivano mai animali esotici al rifugio?» le chiede Ace. «Magari serpenti? Vorrei adottare un anaconda.»

«Ogni tanto arriva qualche pappagallo,» risponde. «Ma è un rifugio specializzato soprattutto in animali a quattro zampe.»

«Che peccato.»

King si unisce a noi dopo aver preso le birre direttamente dietro il bancone del bar. Se fosse un'altra persona, non tollererei questo comportamento. Ho assunto i barman per questo motivo e devo assicurarmi che tutti seguano le regole. Tuttavia, per lui farò un'eccezione, ma soltanto per questa volta.

«Eccovi qui,» dice prima di abbassarsi e accarezzare Scooter. «Scusa, bello. Ho cercato il burro di arachidi ma sembra che lo abbiano finito.» Dopo prova a toccare Gaga, ma Scooter comincia ad abbaiare.

«Scusa,» dice Lake. «È molto protettivo nei confronti della sua ragazza.»

King scoppia a ridere. «Tale cane, tale padrone.»

Stringo Lake. «Proprio così.»

Tutti gli ospiti sussultano quando uno dei giocatori fa una mossa coraggiosa e ci fermiamo a osservare. Maeve è seduta davanti a Jack e ha dimenticato di usare la faccia da poker, perché sembra molto compiaciuta. Maeve e Jack sono gli ultimi due giocatori rimasti e le loro fiche sono impilate davanti a loro.

Mi avvicino a Lake per sussurrarle all'orecchio. «Sapevi che era così brava?»

«No, ma è nata e cresciuta a Las Vegas, quindi non mi sorprende. Pensavo che tu avresti giocato questa sera.»

«Preferisco stare con te.»

Mi dà un bacio sulla guancia. «Ci sai davvero fare.»

«A essere onesto, ho pensato di andare via parecchie volte.»

«Cosa? Perché?»

«Per andare al piano di sopra e scoprire se questo vestito è bello anche sul pavimento della penthouse,» mormoro.

La vedo rabbrividire e nei suoi occhi compare un luccichio. «Fa' il bravo,» mi avverte, ma so che non dice sul serio.

Il torneo va avanti per altri parecchi round. Jack e Maeve si fissano e devo ammettere che c'è qualcosa di esilarante nel vedere il mio amico – un uomo d'affari spietato – che si scontra con una ragazza di ventuno anni che non demorde.

«Chi pensi che vincerà?» chiede King.

«Maeve, ovviamente,» risponde Lake.

«Io scommetto tutto su Jack,» dico nello stesso momento.

Lake mi rivolge un sorrisetto divertito. «Sembra molto sicuro di sé, signor Chase.»

«Jack è uno scommettitore esperto,» spiego. «Credo che l'esperienza conti più della fortuna.»

«Sì, ma Maeve non ha perso nemmeno una mano durante il torneo e non credo che dovresti sottovalutare le capacità di qualcuno soltanto basandoti sull'età,» ribatte.

«Sembra che ci troviamo davanti a una bella scommessa, signorina Shellbrook.»

«Quali sono i tuoi termini?»

«Se vinco io, la prossima settimana ti porterò a Parigi. Chiederò a Todd di badare ai cani.»

Ridacchia. «Non mi sembra che perderei molto.»

«E quali sono i *tuoi* termini?» le domando.

«Se vinco io, ti permetterò di fare quella cosa che ti piace.» Agita le sopracciglia. «Sai, quella con la panna?»

«Davvero?»

Annuisce. «Davvero.»

«Scandaloso.»

«Abbiamo un accordo?»

«Assolutamente sì, tesoro.»

Speriamo che la storia d'amore di Lake e Asher vi sia piaciuta. Se lo avete fatto, lasciate una recensione. E leggete il prossimo libro della serie **JACK**!

Informazioni sull'autore Mckenna James

Mckenna James è lo pseudonimo di una coppia di scrittori che condividono la passione per il tè e l'amore per gli uomini attraenti e facoltosi.

Dato che non conoscono abbastanza uomini belli da star male e con troppi soldi da spendere in una sola vita, hanno deciso di crearne qualcuno loro. Sono specializzati in favole moderne con principi ed eroine che non hanno paura di esprimere la loro opinione e che costruiscono il lieto fine che più desiderano.

Segui Mckenna su Facebook.

Anche da Mckenna James

In italiano

Romanzi reali

Una lezione reale

L'Accademia Reale

Un Principe in Fasce

Inherit Love

Una Ninna Nanna Per Un'Eredità

Un Bodyguard Reale

Un Capo all'Improvviso

Una Proposta Per Dire Sì

I Signori di Las Vegas

ELVIS

JACK

KING

ACE

in inglese

ROYAL ROMANCES (Available in eBook, Print, & Audio)

Royally Schooled

Royal Academy

The Prince's Baby

Her Royal Physician

Royal Holiday

INHERIT LOVE SERIES (Available in eBook, Print, & Audio)

Baby Inheritance

Royal Inheritance

Inheritance Goals

Inheritance Reversal

Lucky Inheritance

Forgotten Inheritance

ROYAL MATCHMAKER SERIES (Available in eBook, Print, & Audio)

Royally Matched

Royally
Arranged

Royal Runaway
Bride

Royal Alliance

VEGAS KINGS

ELVIS

JACK

KING

ACE

Collections/Anthologies

Royally Loved

Inherit Love

In Love with a
Prince (paperback)

Milton Keynes UK
Ingram Content Group UK Ltd.
UKHW010728080823
426520UK00004B/292

9 798223 282990